U0798884

宝宝到来的日子 1969 年

贝壳与少女 1971 年

抱书的少女 1970 年

蝴蝶与婴儿 1971 年

郁金香与婴儿 1971 年

一品红与少女 1971 年

石阶上呼唤气球的帕斯卡 1968 年

伫立的少年 1972 年

不为人知的爱的生涯

〔日〕黑柳彻子 饭泽匡 著
赵玉皎 译

南海出版公司

新经典文化股份有限公司
www.readinglife.com
出　品

目录

写给千弘的信

千弘：

这是我作为你的仰慕者写给你的第一封信。

本来，我是想在你还在世的时候写给你的。

“我非常喜欢你笔下可爱的孩子们。”信大概会这样写吧。

可那时的我，并不知道那些孩子诞生于你深切的痛苦、悲伤、孤独与烦恼之中。

十年前，我和千弘美术馆前馆长饭泽匡先生合写了这本传记。

我想多知道一些你的事，于是见了很多人。那都是了解你的人。大家纷纷说：

“千弘安静温和，从来不大声说话。”

“三十岁的千弘戴着镶花帽子，像女学生一样青春洋溢。”

“千弘是那个时代的人，所以不会说什么‘我要成为画家’，而是遵从父母之命结婚，结果遭遇了第一场悲剧。”

“千弘富有幽默感，喜欢有趣的事。”

“她擅长绘画和书法，造诣令人惊叹，但从不以此自矜。”

千弘，这是真实的你吗？

是的，的确是你。

不过，你的爱人却说了这样的话："在二十四年的婚姻生活中，我一次也没见她哭过。"

那么千弘，你都在哪里哭呢？

你经历过战争。当第一次意识到国家的所作所为、父母的所作所为，还有自己的幼稚之处时，你一定哭了吧？

然而也正是从那时起，你获得了自由，决心依靠自己站立起来，成为画家。

于是，你变得坚强，成了有信念的人。

在二十五年短暂的画家生涯中，你为我们留下了八千幅栩栩如生、生气勃勃的儿童画。

热爱和平，心怀悲悯，祈求孩子们的幸福——千弘就是这样一个人。

现在，我作为你的仰慕者给你写信，要说的只有这么一句："你是上天选中的，为描绘孩子而生的画家。"

黑柳彻子

第一章　所谓“甜美的画”

玛丽·洛朗桑[1]与千弘

说起为何担任千弘美术馆馆长，都是因为我极不满意此前人们对千弘的评价。我觉得世间的评价非常肤浅，过于轻率。人们得意扬扬，随口说着“哦，很甜美嘛”、“很有少女趣味的画”之类的话。即便到了现在，也有对这些画不屑一顾的人吧。

或许我也曾是其中的一员。我忽然想起法国女画家玛丽·洛朗桑。多年来，洛朗桑得到的评价与千弘相近。而比起她的祖国法国，洛朗桑首先在外国得到了认可。

一位法国画家来到日本，看到新宿的伊势丹商场举办洛朗桑的大型画展，感叹道：“简直无法想象。在法国不可能举办洛朗桑的画展。”在这个法国人看来，洛朗桑远远称不上富有情趣的主流画家，煞费周折、花费巨资从全世界的收藏家手中求得她的作品，并花上保险费运到日本举办画展令人惊讶。此

① Marie Laurencin（1883－1956），法国画家，以擅长刻画妇女和儿童著称。

后，日本又多次举办洛朗桑的画展，每次都十分成功。可是，我还从未听说过在法国举办洛朗桑个人画展的消息。

我是从一本英国的近代画作介绍上知道洛朗桑的。那是五十年前的事情，当时我二十出头。

用我的老师石井柏亭先生的话说，洛朗桑为习惯了“树脂味儿”绘画的我们送来了一股清新之风。所谓“树脂味儿”，就是指给画作表面喷上浓浓的树脂来保存绘画，如十七至十八世纪荷兰画派的风景画。许多作品在树脂中呈现出独特的暗褐色调，在日本深受英国维多利亚时代影响的年代，富裕阶层的客厅中便常常郑重其事地挂着这种色调暗淡的风景画。

这种审美趣味在第一次世界大战前后被打破，近代的灿烂之光照耀着世界，绘画、工艺、建筑、室内装饰及海报都染上了“近代亮色”。日本也出现了一定的战后经济复苏，随之产生了“大正自由主义思潮”。这个时期，我正值青春期，在涌起怀旧之情的同时，还回想起了当时体味的那种解放感。

在保守的法国，柏亭先生说的“树脂味儿”绘画依然占据主流。可能由于这个缘故，“近代亮色”风格的洛朗桑才无法得到应有的认可。

洛朗桑不适合守旧的人。对那些视传统如白纸、依据自己“清澈的眼睛”（即率真的鉴赏眼光）来评价作品的人而言，那种美轻而易举就沁入了他们的灵魂。因此，洛朗桑的画顺理成章地得到了外国人的珍视。

在日本，诗人堀口大学很早就在自己的诗集中插入了洛朗桑创作的蚀刻版画，令年轻时的我那一代人十分羡慕。

现在，在长野县蓼科高原设立了专门收集玛丽·洛朗桑作品的私立美术馆，据说游客纷至沓来。世间之事实在是变幻不定，洛朗桑地下有知，或许会十分惊诧，佩服日本人对绘画的鉴赏力。

我对洛朗桑的话题有些热衷过头，不过这段类似“引子”的文字绝非无用，对岩崎千弘的传记其实是不可缺少的。

我撰写岩崎千弘的传记，是想告诉大家：在乍一见颇为甜美的千弘作品中，包含着一位生于日本、经历了第二次世界大战、以画家与女性的身份自立的日本女子的历史。其中既有苦涩的生活，也有抗争。

战后，千弘的生活发生了急剧变化。父母的养老金都被停发，他们移居松本郊外开垦荒地，成了农民。不可否认，这个变故给千弘带来了重大的影响。

本书中我将撰写传记部分，黑柳彻子女士则对相关人士进行访谈，两者共同进行，以求完成一部此前从未有过的传记。

我想将焦点集中在千弘的自立上。岩崎家没有男孩，一直想招赘一个继承家业。这件事给岩崎家三姐妹的心灵带来的微妙影响不可忽略。

千弘的母亲文江，很晚才和出身长野县的正胜结婚。千弘出生于福井县的武生町，那是母亲文江工作的地方。夫妻二人都工作，还因此分居两地，在当时是很罕见的。

母亲文江的娘家在长野县松本市郊外的新桥，家中经营作物种苗生意。父母是如何结识的，如今已不清楚。结婚时，父亲正胜是陆军筑城总部的工程师。

此前，父亲曾经在日俄战争中参军，获得过勋章。母亲毕业于女子高等师范学校，是女子学校（相当于现在的中学）的教师。这可谓是一桩中等阶层的婚姻。虽然是晚婚，但母亲文江依然继续担任教职，并致力于三个女儿的教育。关于教育的情形，从（小川）世史子、（岩崎）准子二位女士如下的坦率发言中可见一斑。

“她最乖，可是又最活泼”

——与千弘的妹妹小川世史子、岩崎准子对谈

黑柳 岩崎家三姐妹出生在同一个地方吗?

小川 不，三个人各不相同。先说千弘，她出生在福井县的武生。

黑柳 世史子您呢?

小川 我出生在东京的道玄坂。

黑柳 小妹妹准子是在哪里出生的?

岩崎 我的户籍在东京，但我是母亲暑假回娘家时生的，当时有这种习惯。

黑柳 您母亲的娘家在哪里?

岩崎 松本市新桥。

黑柳 千弘为什么出生在福井县呢?

小川 因为我母亲当时是教师。她从奈良的女子高等师范毕业，作为一种义务，被派到福井县的武生执教一年。

黑柳 这么说，当时的教师挺着大肚子也可以继续工作？

岩崎 大概是的。

小川 所以，母亲生了千弘后就回来了。那时她有一年时间和父亲两地分居。父亲在东京。

黑柳 这是真正意义上的双职工家庭啊。您母亲一直在继续工作，是吧？

小川 一直在工作。

黑柳 那么，您母亲在松本市新桥生准子的时候，还带着千弘和世史子吗？

小川 都带着，我们都非常小嘛。

岩崎 暑假结束后，又带着孩子们回到东京。

小川 不过，当时正赶上关东大地震，幸亏我们还在松本。地震是九月一日发生的。

岩崎 因为刚生产完，母亲还在休假。

黑柳 那时您父亲在哪里？

小川 在东京的惠比寿，住在惠比寿车站附近的丹后町。发生地震时，父亲自己在家。

黑柳 啊？也就是您父亲一个人在惠比寿的时候，发生了关东大地震！

小川 说是一个人，其实还有个老保姆住在一起。我家的房子在地震中安然无事，但是母亲的妹妹住在神田的神保町，

4 岁的千弘与妹妹世史子、准子

她的房子被烧毁，全家人都到惠比寿这边来了。

黑柳 真可怜。三姐妹分别在不同的地方出生，之后一起健康成长，过着幸福的生活，直到战火将家烧毁。这段岁月都是在中野度过的？

岩崎 是的，在中野。

小川 也不是什么幸福的生活。生活总是老样子，只是因为母亲是学校的老师，暑假时会带我们去温泉，大概去一个月。

岩崎 暑假大概能说过得很豪华，亲戚们也会聚到一起。

小川 别人看来，或许会以为是有钱人家吧。

岩崎 也去海边。

小川 都带着我们去，到处走走。

黑柳 噢，您母亲一边担任学校的教师，一边养育三个孩子，暑假里也许还要批改学生的作业。带着三个孩子……这种时候，您父亲也一起去吗？

小川 父亲等着我们。

黑柳 您父亲留在家里呀。刚才您说他在陆军供职，是做什么呢？

小川 建筑。他是政府指派给陆军筑城总部的工程师。

黑柳 政府指派的工程师？在当时非常了不起吧？

小川 算是吧。那时学校里都有夏令营，母亲也会带上我们几个孩子。好像还有在中房温泉，四个人并排站在桥上的照

1928 年 8 月，与家人在信州中房温泉
（左起为母亲、妹妹准子、妹妹世史子、9 岁的千弘、父亲）

片。后来父亲也来了，和千弘一起从中房登上了枪山，应该也有照片。

黑柳 那是上小学的时候？

小川 千弘上四年级。她还和父亲一起登了燕子山。

黑柳 当时您母亲在哪里执教？

小川 东京府立第六高等女子学校，现在的三田高中。

黑柳 第六？那是当时女子学校中最难进的一所，您母亲是这么了不起的学校的老师！她教什么课程？

小川 家政博物课。一开始，她是武生町立实科高等女子学校的教师，后来在荏原郡立实科高等女子学校（后来的第八高等女子学校，现在的八潮高中），然后是第六高等女子学校。第六是最后一所。

岩崎 在第六的时间最长。

黑柳 在第六执教的时候，她带着你们三个孩子和学生一起去夏令营，是吧？

小川 带着我们去，她也不在乎。因为都是女孩子，年纪又小。父亲时不时地过来，但只带千弘一个人去山里。

岩崎 千弘最乖，可是又最活泼。

小川 而且她很能走路。

岩崎 我们俩只在嘴上嚷嚷，不是行动派。

小川 而且我们俩经常吵架。

岩崎 在家里的走廊上，只要一照面，就算没有撞上也会“喂”一声就吵起来。(笑)

黑柳 这种时候，千弘是什么态度？

小川 视而不见，谁也不帮。

岩崎 绝对不帮忙。不过，我总被说成坏蛋。因为那种时候，我会哇地哭起来，哭的人就是坏蛋。

小川 她是出了名的能哭。从小就很烦人。

岩崎 哇哇地哭。

小川 邻居都能听到。所以她一哭，邻居就拿着点心过来。

黑柳 人家拿点心来？

岩崎 人家说“阿姨头会疼，小准子，不要哭，要乖哦”。(笑)

小川 这种时候，妈妈不管她。

岩崎 邻居阿姨拿着点心过来哄我。

小川 都出名了。

岩崎 在我那时小小的心灵里，也感觉到“哎呀，我做坏事了”。这时，千弘会悄悄过来安慰我，“小准子，应该早点向妈妈道歉才对哦。”可是世史子却冲着我叫“喂——”，是吧？结果，我又哇地哭起来，因为觉得很懊恼。

黑柳 可是，千弘和世史子只差不到两岁，从这里看来，千弘要稳重得多呢。

小川 毕竟是长女嘛。母亲很信赖她。

岩崎 母亲总是“千弘、千弘”地叫着，信赖着她。

黑柳 那时候千弘已经开始画画了吗？

小川 上小学的时候，她经常做可以换衣服的偶人娃娃。玩耍的时候，她在美术纸上画娃娃和连衣裙。

岩崎 还把连衣裙剪下来，给娃娃穿上。肩膀部分还做上装饰飘带。

黑柳 真让人怀念啊。

小川 我们三个一起把连衣裙摆在盒子里。

黑柳 裙子当然是涂上颜色的吧。

岩崎 嗯。

小川 我们把连衣裙摆在一起卖。然后我就去买，说“我要买连衣裙”。

黑柳 那时候就开始用淡色[①]了吗？

岩崎 是的。我们有颜色漂亮的蜡笔。

小川 而且款式也有变化。

岩崎 款式总是在变化。

小川 连衣裙的花纹也是。

黑柳 千弘当时用的是什么款式？

小川 就是那种飘飘洒洒的样子。

---

①指岩崎千弘作品中以淡色为主的用色风格。

黑柳 那很有女孩的味道。

小川 那时的样式，腰线是在这个位置。

黑柳 腰线靠下的低腰式样。

岩崎 她没有画过男人。

小川 画的都是小孩子。

岩崎 因为是少女嘛。少女能画比自己小的小孩子，可是像男人啊、老爷爷老奶奶啊，她就画不出来了。

第二章　贤妻良母教育

继承自母亲的忍耐与努力

影响千弘的，当然是她的父母，尤其是父亲。乍一看薄薄纸片上的履历，人们可能觉得千弘和父亲岩崎正胜相去甚远，可是通过世史子和准子姐妹俩的谈话，我只能认为千弘的确继承了父亲的资质。

大概很多人会想，千弘与身为陆军筑城总部建筑工程师的父亲走上的人生道路明明截然相反，但我侧重的是“工程师”这一点。

绘画是造型艺术的一种。父亲正胜从事的建筑，也同属造型艺术。我曾经见过正胜设计的八幡宫大神殿，至今还留存于杉并区大宫町，设计极为细腻，传统中蕴含着现代感，令人感受到设计师非凡的才华。

比如说明治神宫的神殿，那是由伊东忠太[①]设计的，乍看上

①伊东忠太（1867-1954），日本建筑家、建筑史学者，日本建筑史研究的奠基人，代表作有筑地本愿寺等。

去是传统风格（如伊势神宫），但随处可见伊东忠太的创意，使观者大饱眼福。

我看到大宫的八幡宫建筑会联想到伊东忠太，是因为其中的现代感。可是询问神社的事务处，得到的回答是旧神殿在战火中被焚毁，现存的殿舍是昭和四十年之后重建的。但考虑到那是依照旧神殿重建的，正胜的创意也许还留存在某些地方。

总之，比起母亲，千弘更多地继承了父亲的天赋。

母亲文江从女子高等师范学校毕业后，直到昭和十五年被任命为女子青年团主管为止，长期从事教职。她的教师资格证书上的教授科目为“家政·博物”，具体科目为“理科博物学”。文江富有才学，取得了多张证书。根据保存下来的教师资格证书，她甚至取得了“修身科、家政科、体操科、园艺科”的执教资格。由此可见，文江是个非常努力的人，而且头脑明晰。不过，她与艺术却几乎无缘，如果用当今的划分方法，文江大概属于“理科派”。她担任福井县武生町立实科高等女子学校的教师两年后，于大正四年被任命为舍监。若不是相当踏实能干的人，就无法胜任学生宿舍舍监职务。不足三十岁便能担任这一职务，可见文江获得了校方极大的信任。

人们从千弘的画中领会到的那种自由与阔达，也许并非继承自母亲。可是当观察千弘的整体性格时，应当说她还是继承了母亲很多资质，最重要的当属忍耐与努力。日本女性最大的特长就是忍耐，这样的说法其实表明了男性的粗暴，表明在可悲的日本历史中，女性是如何被迫拥有无比的忍耐力的。

看过千弘画作的人，也许觉得其中没有半点悲壮感。但如果细致详尽地观察她的整个人生，我想说，那完全是一部充满悲伤的女性奋斗史。特别是现代日本女性最忌讳的“忍耐和顺从”，其实一直围绕着千弘。

关于这一切，我打算按照时间顺序渐次进行叙述。

少女时代处于人格形成期的千弘到了二十岁，在该决定人生方向的时候，遭遇了重大考验。

以一般日本女性的视角看来，她此前度过了极为幸福的少女时代。有个形容词是“梦幻般的”，千弘的少女时代和学生时代应该与这个词十分接近。

这种梦幻般的生活自然地从千弘作品的画面中流露出来，也是理所当然。毋宁说那被轻率地称为“甜美”或“有意思”的地方，我们正应当视为珍宝来爱惜。

从世史子和准子姐妹那里得知岩崎家三姐妹的生活情形，我在感慨这种得天独厚的环境在日本女画家中极为少见之余，也感到在这种环境中诞生画家是理所当然。

人们似乎不喜欢那种小时候生活优渥的人的传记。千弘的情形就是所谓的“娇养千金”吧。岩崎家确实雇有用人。由于夫妻俩都有工作，主妇去做了教师，当然要有人代行主妇之职。

对昭和初期的孩子们来说，圣诞节是一大乐事。哪怕和基督教没有关系，在孩子们眼中，圣诞老人也是比基督更强大的人物，他会把好东西分给孩子们，很多孩子都有这样的幻想。当然，那不像现在这样与商业主义紧密相连，它给孩子们带来向往。

我曾经看过一则新闻报道，说有右翼团体的壮汉手持日本刀闯入帝国饭店的圣诞晚宴舞会现场，骚扰正在跳舞的人。在右翼势力眼中，帝国饭店的圣诞晚宴就是通敌行为，是卖国，忠诚的国民不会做这样的事。

当时只有极少数家庭可以享受帝国饭店的晚宴，岩崎家三姐妹却可以经常前往。母亲文江老师似乎在政治方面有某些影响力，他们才能时常得到帝国饭店的邀请。

现在通常由父亲掌握家庭的主导权，但岩崎家可能由于父亲是入赘的缘故，避暑时是父亲留在家里，圣诞节也是由母亲带领孩子们出门。

昭和十年代，一家人在中目黑租房生活期间，就由父亲设计，早早地设了一个缝纫室。岩崎家的缝纫室年代久远。当时在自家设有缝纫室是很进步的，用那时的流行语来说，是“有文化味儿”。

母亲文江教授“家政·博物”，所以对西式剪裁也颇有心得。她让孩子们都穿洋装，自己使用德国的诺曼缝纫机缝制衣服。

我的母亲是明治十二年出生的，却也早早买了胜家缝纫机，什么都是自己在家里缝制。我一直看着母亲做这些，所以听到岩崎家有缝纫室并不觉得惊讶。

岩崎家在中野的房子是西式的，但千弘父亲学的是旧式建筑方法，从地板到墙壁的半腰使用了木材护墙板。千弘曾不满地说："沿着地板贴一圈包边条才时髦。"千弘当时正是妙龄少女，心气很高，而且作为未来的画家，已经有了自己的审美眼光。

说到东京府立第六高等女子学校，那是一所优秀的学校，颇得山手的"良家"（当时还有这个词）女儿的喜爱，她们都愿意入学，那里的毕业生当然能嫁到好人家。

我从岩崎家劫后残存的照片中找到了千弘相亲时使用的照片。我注意到照相馆是"森川"，现在的人已经不知道这家照相馆了，我却见过好几张在森川拍摄的闺秀照片。女孩子在森川照相馆拍照是一种身份的象征，据说如此一来可以结成美满良缘。在那个流行生硬地修改相片的时代，森川能自然巧妙地凸显女孩自身的美丽之处。

昭和十一年，千弘顺利地从府立第六女高毕业，成绩并非出类拔萃，但也绝不会有损母亲的名誉。母亲是自己学校的教职人员，这令人头疼，但千弘和二妹世史子都毫无怨言。

千弘的毕业纪念册现在还留存着。从纪念册上看，第六女高当时就有室内游泳池，据说学校一直以此为荣。学生制服是

1935年,第六高等女子学校五年级(16岁)

中规中矩的无袖连衣裙，看起来就像英国漫画家塞尔描绘的学生一样。

毕业纪念册上写着同学们的留言，从中可以知晓同窗是如何看待十几岁的千弘的。看起来，老师们将当时政府要求的“贤妻良母”形象深深刻进了学生心里，学生甚至把结婚后的事作为一种理想写下来。联想到此后出现的“军国日本之妻”，真是令人痛心。自立之类的话语是不可思议又无比荒谬的。可是，只有一个名叫山城安子的同学写下了有趣的话，她大概是偶然预见了千弘辉煌的未来，这样写道：

阿千：

要永远这么可爱、这么乖哦。而且，将来你如果成了大画家，一定要送我一幅画。祝你永远幸福。

山城安子

看来，当时同学们称千弘为“阿千”。这位安子姑娘说“你如果成了大画家”，应当是有所依据。从千弘的年表看，当时她身上还没有与画家相关的明显迹象。但从同学这句留言来看，在明眼人眼中，千弘的画家资质那时已经显现出来了。

正如预言所说，千弘在毕业二十年后，成了儿童画界不折不扣的大家。此时她是否履行了与安子的约定就不得而知了。

但从我发现的这条留言，千弘的家人知道了原来还有这样的预言存在。

除了安子姑娘，还有个叫山本三枝子的同学咏了一首和歌，依稀勾勒出几分少女千弘的模样。和歌并非多么生动，但十几岁的女孩子就被教导着作如此古典的诗歌，使我深切地体味到那个时代女子学校的氛围，不禁心中黯然。和歌写道：

左手执笔凝神思，丹青之妙唯君知。

“丹青”是红色与青色的颜料，和歌中出现“丹青之妙”这样不像出自女孩之口的腔调，可以一窥千弘受教育的世界。不过，这首和歌灵敏地捕捉到了千弘后来广为人知的“左撇子”特征，确实很了不起。

虽然有点乏味，不过我们还是从那些客套话般的临别赠言中选几则看看吧。

“可爱单纯的岩崎，祝你做个好太太。”

“岩崎真是神采奕奕、天真无邪。”

“你一定会成为温顺的贤妻良母。祝你安宁、幸福。”

“毫无疑问，您会成为一位端庄高雅的夫人。”

“结婚之后，请遵照您母亲的教诲抚育可爱的孩子吧……第一个肯定是女孩，像您那样温顺。新婚旅行是去上高地吧？

太棒了。”

最后一则留言做出了神奇的预言。关于孩子，预言并没有说中，可是新婚旅行去上高地却应验了。千弘与松本善明的新婚旅行去的是白骨温泉，与上高地近在咫尺。另外，还有同学写了有关登山或滑雪的回忆。

虽然留言有些单调，不过每个人的字迹都十分秀逸，和现在的“圆字族”截然不同。其中一则留言说的“遵照您母亲的教诲”，指的是千弘的母亲文江。文江应当是代表政府，向这些年轻的夫人预备军灌输了贤妻良母的思想。

可是，这位“天真无邪、温顺乖巧、单纯可爱”的千弘，不久却与父母意见相左，走上了自己的道路。看来，人生真是难以预料。

“休息的时间，她总是在画画，用的是左手”

——与千弘的同学林安子对谈

黑柳 林夫人，您的本名是山城安子，是千弘的同学，对吧？

林 我是东京府立第六高等女子学校昭和十一年的第九届毕业生，从一年级到五年级，我们一直在同一个班，是**アイウエオ**的**オ**班。

黑柳 **オ**班？（笑）

林 我们班共有四十八人。第六女高的学生大部分是公职家庭的女儿，我却是商家的女儿，我家是三田大街上的砂糖批发商。我们班只有三个人出身商人家庭，其余同学的父亲都是银行职员、议员等公职人员。

黑柳 千弘的母亲是第六女高的老师，她是位怎样的老师？

林 她教我们家政课，是一位令人胆战心惊的严厉老师。千弘的母亲是最可怕的，其次是历史课老师。她说话的语调也是斩钉截铁，大家都很怕她。

黑柳 比起现在来，战前的教师更加严格吗？

林 在严师之中，她又格外严格。但千弘却和她母亲正好相反，文静温柔，有大家闺秀之风。她不和大家一起吵闹，休息的时间，她总是在画画，用的是左手……反正她能用左手画画，让大家很惊讶。

黑柳 那时候她画什么样的画？

林 她不画风景或花卉之类，总是画人物。也不画成年人，画的是小孩子和少女这样可爱的人物……我特别喜欢那样的画。

黑柳 她画在什么地方？

林 笔记本上。她就这么唰唰地画（轻轻转动左手），用软B铅笔画在笔记本的角上。我说“画得真好啊”，她会说“没有啦”，害羞地用手捂住画。

黑柳 您和千弘在教室里的座位很近？

林 嗯，千弘坐在我的斜后面。我个子矮，坐在第二排，千弘在第四排。休息的时候我过去看她画画，我一直很向往。

黑柳 班里的同学们都认可千弘在绘画上的才华吗？

林 是的，大家都认可。我有点贪心，想着毕业后也许可以跟她要一张好画儿什么的，所以写了那样的留言……

黑柳 后来，您得到了吗？

林 没有。千弘成为画家的时候，大家因为战争四散了。

黑柳 当时您就认为千弘将来会成为画家？

林 她画得那么好，我觉得她会成为画家。

黑柳 您在千弘的纪念册上称她为“阿千”。

林 是的，大家都叫她“阿千”。我们班里，大家都是不带敬称地直呼名字，像安子、澄子、弘子，只有千弘被称为“阿千”。她的下巴有一点点凹，非常可爱……

黑柳 毕业后第一次同学会的照片上，千弘穿的是制服。

林 那是因为毕业以后，千弘又继续上了两年家政课。

黑柳 是为了接受贤妻良母教育吧。不过，好像每张照片上她都低着头。

林 千弘真的很谦逊，拍照的时候也都在边上或后排。她总是微笑着，喜怒不形于色。我从来没见过她发火。后来，我在各个地方看到千弘的照片，觉得她依然是那样。

黑柳 我觉得，千弘似乎从学生时代起就拥有了自己的世界，并把它用绘画的方式表现出来，沉醉其中。

林 她确实是这样的人。即便听到别人说她坏话，也全不在意。可能是她有了绘画，能从中求得心灵的寄托吧。在时间方面也是这样。

黑柳 第六女高的生活是怎样的？

林 有很开明的地方。校长建议我们学习世界语（课外教学）和英语。自由的风气是有的，但女教师们非常严格。总之一言难尽。校长非常了不起，他的方针是要“行走，再行走”。他说婚后就不能自由外出了，所以每个月的课外教学，全校学生都去东京的近郊。成绩册上都有记录，我们去过平林寺、热海十国岭、吉见百穴，还有东京股票交易所、铁道工厂、中央批销市场、横须贺军港等地方。而且每年还有两次适应郊游。

黑柳 适应郊游?

林 就是选择三里[①]、四里、七里、十里等距离，沿着多摩川的河堤走到稻田、登户、川崎或者二子等地方。带着便当。

黑柳 十里就是四十公里啊!

林 所以啊，拜他所赐，我们的腿脚都变得很强壮。(笑)

---

①日本长度单位，1 里约合 3.9 公里。

第三章　不辜负母亲的期待

顺从父母之命结婚

在上一章中，我提到千弘曾在森川照相馆拍摄了相亲用的相片。那张相片或许发挥了不错的效果，千弘结婚了。可是，那次婚姻以极为不幸的结局告终。现在的读者也许觉得父母让千弘接受这桩亲事实在不可理喻。可是战时大部分婚事都是由父母为子女选择合适的配偶，子女也对父母所定的婚约不加反抗，这才是常态。

当时的父母非常简单地认为，只要结了婚，两个年轻人就会自然而然地“恋爱”。而现代式的恋爱结婚，却被他们轻蔑地称为自作主张的婚姻，受到排斥。说到岩崎家的情况，母亲文江结婚时必须招婿作为岩崎家的养子，所以千弘的父亲正胜放弃了自己的本姓仓科，入赘岩崎家。

他们的婚姻可以说十分美满。也许出于这个缘故，到了女儿千弘结婚的时候，他们认为这套模式也完全可行。父母一边回忆自己甜蜜的新婚时代，一边乐观地认为女儿千弘很快就会爱上女婿。

但是，在父母毫无察觉的情形下，新时代的浪潮已经奔涌到女儿身边。千弘正如字面上所说的，是“恪守母训”的模范女学生，所以婚事上也顺从父母之命，就这样结了婚。

迄今为止，这段往事在岩崎家是个禁忌。因为对此最为内疚的母亲文江很长寿，大家不得不克制对这件事的批判。

实际上，十多年前，讲谈社曾经约我写一部岩崎千弘的传记。我在准备的过程中，忽然“遭遇”了千弘的第一次婚姻，便止步于此了。

我正式接受那次约稿时，千弘的第二任丈夫松本善明先生还没有再婚。无论如何，第一次婚姻极大地改变了千弘的命运，对后来“画家千弘”的成长具有重大意义，所以我在写传记的时候，无法不触及这段往事。

我必须尊重他人的基本人权，这部传记如果在那个时间点公开出版，会有许多不妥当之处，所以我最终下定决心，中止了那次计划。我最担心的是青年X。用“X”来表示那位年轻人，有点像在打哑谜，可到了此时，我依然对那位青年充满同情，希望尽量不要波及他。严格说来，我想千弘大概一生都对青年X怀有负罪感。

松本善明先生这样表述自己的心情：

“关于这个问题，我什么都没问。千弘没有谈过，她自己

1939 年，20 岁的千弘（森川照相馆摄）

不提的事，我不想勉强去问。”

这大概是男人给女人的最好礼物了吧。

千弘若是曾经爱过青年X，即便只有短暂的时间，也会产生诸多难题。后文中我还会详加叙述。但我认为，千弘的第一次婚姻是时代造成的巨大牺牲，它极有力地证明了战争给人们的生活带来了怎样的不幸。

很多千弘的同学在毕业纪念册上说她“单纯”、“天真无邪”、“温顺”，千弘的确是那样的姑娘。

千弘的妹妹世史子对我说：“我们姐妹无话不谈，当时的姑娘都单纯，哪怕都在女子学校里读到五年级了，对性之类的事还是一无所知……”

关于这一点，只要看看我的妹妹们的生活就一清二楚。若是让现在的中学生来评论，大概会轻蔑地说一句“真傻”，但那是昭和初年日本女性的真实情形。

那母亲文江的生活又是怎样呢？出身于松本市新桥做种苗生意人家的文江，从小学起就成绩优异，被大家寄予厚望，父亲也很宠爱她。长野县（尤其是松本一带）被称为有名的教育县，我父亲也在长野县出生，而且父亲的长兄伊泽修二曾经在教育界打拼一番后失败了，所以我更有切身感受。长野县的民众大多对教育颇为关心。那里原本就缺乏自然资源，气候也很严酷，离富足的生活相去甚远。所以对农民来说，接受教育后出人头地，几乎是跻身上层的唯一道路。

要实现这个目的，除了教育，还有一条途径是参军。千弘的父亲正胜起初是海军志愿兵，后来晋升为一等下士。他在军舰上服役，日俄战争中担任水雷兵立下大功，获得嘉奖。但他并不是勇猛粗鲁的人，甚至比文江还要细腻。两人结婚时，正胜三十五岁，文江二十八岁，在当时是非常晚了，所以文江已经是十分成熟的女子。正胜曾经三次乘军舰环游世界，据说可以用英语交流，上司曾将这一点作为特长写在他的官方履历中。以我世俗的眼光推测，他在与女性交往方面大概也很娴熟。

结婚后，文江在寄给在军舰上服役的丈夫的信中写道：

“我用了你教给我的方法，已经不热了。不过我只把脚露在被子外边。”

以我的想象，应当是正胜教文江夏天可以裸睡，文江听从了。正胜在军舰上生活的时间很长，这大概是在印度洋等暑热难耐的海域消夏的方法。

文江在信中诉说了这样一件颇为亲昵的事，又自己找理由说“虽然很难为情，不过结婚了，这是理所当然的”。从这一点看来，这对夫妇感情相当美满。信中还出现了“如果下次能怀孕”这种假设性的话，说明当时两人并没有共同生活，而是分隔两地，一年中偶尔才有机会相聚。这是文江在福井县的武生担任女子学校舍监时的书信。

文江被告知怀孕之后，医生说“会出乳汁的”，于是她向丈夫报告了挤压乳房，有水一样的液体渗出的事。如果说这有点情爱的味道，也确实如此。但这是夫妇间的书信，虽说她身为学生们的严师，也无伤大雅吧。

文江在丈夫去世后，曾经编辑出版一本小册子《梓月》，这里介绍一下文江为这本小书写的后记。“梓月”是正胜作俳句时的雅号，缘自以北阿尔卑斯山[①]为源头的梓川。

> 梓月（本名正胜）于明治十七年十二月五日出生于长野县南安昙郡梓川村梓区下角，为仓科寿贺藏之次子。小学毕业后，协助家中务农。明治三十七年日俄战争爆发之际，志愿参加海军。此后就学，毕业于东京正则英语学校、东京工科学校，就职于陆军筑城总部，任建筑工程师。大正七年结婚，继承岩崎家。大正七年末作为随军人员赴西伯利亚，翌年归国。此后供职于东京陆军管理部，太平洋战争期间辗转各地，建设航空燃料工厂。
>
> 昭和二十年五月二十五日遭遇东京最后一次空袭，家财悉数焚毁。之后回到故乡松本，于昭和二十年秋天移住长野县北安昙郡松川村南神户的开垦地。昭和二十三年参

①指有“日本的阿尔卑斯山”之称的本州中部山脉。

与该村分校的建设工程，昭和二十五年承担开垦地水利工程的设计监督等，并见证上述工程完成。

此后致力于开垦事业，但中途为病魔所困，昭和二十七年十一月十一日进入信州大学附属医院，昭和二十八年一月一日因胃癌辞世，享年六十八岁。

梓月从少年时代起即对文学抱有兴趣，青年时期经常向文学杂志投稿，自昭和初年开始创作俳句，屡次参加俳句会，为同人杂志《初雁》的成员。历经战祸后回到故乡松本，曾召集附近的同好之士举办俳句会，并居指导地位。除俳句外，还加入开垦地的乡土民谣“安昙曲”的团体。梓月从年轻时起一直写日记，记录所创作的诗、和歌、俳句、随笔及游记，但这些文字遭遇战祸，几乎全部化为灰烬。

我想查找正胜进入陆军之后的履历，但翻阅了《职员录》（官方的权威记录），却没有见到他的资料。后来问了专业人士，原来那时随着战争临近，军方以军事机密为由对职员的编制保密，不肯配合《职员录》的编辑工作，因此记录散佚了。对后世研究历史的人来说，这会造成极大的误导。

文江说正胜有文学才能，但看了《梓月》上登载的俳句，我觉得都很平凡。在现存的正胜给妹妹的明信片中，写着类似美文[①]的文字，令我顿时联想到国木田独步。我对世史子说了这种感觉，世史子说“父亲喜爱独步，珍藏着他的全集”。也就是说，我觉得正胜的文字过于模仿独步，很难说有何独创性。

正胜如果没有建筑师的才能，也许会作为农民度过一生。当然，如果当农民，他可能会过着与众不同的生活。但正胜也好，妻子文江也好，都以长野县中农子女的身份出人头地，到达了接近社会领导者的地位。尤其是文江，她的社会地位随着战争而上升。

我注意到千弘的父母有可能与战争有密切关联，是因为千弘在战争期间——而且是接近战争结束时，曾经进行一场极为奢侈的“满洲旅行”，这在当时是无法想象的，必然要亲属中有人对军队具有相当大的政治影响力才行。

文江在昭和十五年，成为全国规模的“大日本女子青年团”主管，作为副团长率领全国女子青年团的领导者，对“满洲开拓团”进行了长达一个月的视察。这几乎是教育者能获得的最高社会地位。

正胜曾经给小妹妹阿湖寄过照片，阿湖的回信还保存着，她半是嘲讽地写道：

“嫂子（指文江）的表情真够吓人的。莫非是搬到了东京，

①明治中期流行的拟古文体，词藻华丽。

就要有东京人的派头，所以变成这样了？”

与其说文江是因为搬到了东京才变成那样，不如说是她生性严谨，又过于紧张，才表情僵硬。上一章中提到，第六高等女子学校的学生们说她是“让人一想起来心就怦怦直跳的可怕老师”，形象地描述出了文江给人的压迫感。

像我这样不够严谨的人，只要想象一下，就不愿意靠近文江身边。

与这般性情的文江结婚，还能琴瑟和谐，可见正胜是人情练达的人物。他们显然属于“先结婚、后恋爱”的类型。据世史子说，他们遭遇战祸，从中野的家中逃出时，三妹准子跟随在父母身后逃难，那时父母间的浓情厚意令准子大为惊诧。我很想问问具体是怎样的情形，两人或许以为那是最后时刻，互相拥抱亲吻了吧。

家庭保持着很好的平衡，正胜深知自己的立场，凡事谦虚克制，生活的主导权似乎掌控在文江手中。无论是社会上的政治影响力还是收入，文江很可能都比丈夫正胜高出一筹。也许正胜就是所谓的“甩手掌柜”。一九二八年两人参加了昭和天皇的即位纪念典礼，为了纪念这件事，夫妻俩和三个孩子拍摄了照片。正胜戴着圆顶高礼帽（不是大礼帽，而是圆顶硬礼帽，英国绅士现在依然常用），系着蝶形领结，十分潇洒。文江梳着垂髻，那是当时知识女性的发型，身着带有家徽、下摆有花纹的黑色和服。从这张照片中，可以看到大正末年健全的山手[①]家庭的典型面貌。

这张照片令人联想到《海螺小姐》中的爸爸，或是向田邦子的戏剧中出现的父亲。照片上的文江夫人则年轻美丽，一点也不可怕，莫如说是慈母的模样。三个女儿身穿母亲在缝纫室中缝制的时尚洋装，千弘头上还系着大大的白蝴蝶结。我多次见到过这样的家庭，这在当时是令人莞尔的景象。

在某种意义上，这是一种勉力为之的隆重，是日本的山手家庭最隆重的盛装打扮，也可以说是大正自由主义最后的气息。接下来就要被卷入巨大的战争，令人窒息的一切都将开始。

这个家庭的地位在急速上升，说千弘吸收的东西来自这个时代，不如说是来自整个世界。

这个家庭迅速军国主义化。父亲正胜本是陆军的一员，自然要忠实地履行义务。母亲文江身为教育者，顺从军方的意向，致力将自己管理的学生们培养成“军国新娘”乃至“军国之母”。

在这种情形下，千弘到了适婚年龄。与现在的少女不同，当时女孩刚到二十岁，父母就会着急婚姻大事。“努力生育”是当时的国策，对国策极为忠诚的母亲文江发挥了政治能力，

①山手是东京的一个区域，江户时代是武士阶层府邸所在，与被称为“下町”的工商业者聚居地相对。日本近代化时期，这里是象征西洋化的区域，居住者多为富裕阶层。

1928 年 11 月 10 日，父母出席昭和天皇即位的纪念典礼，
一家人合影留念

从一位熟人那里听到了一个好消息——

一位寄宿在那位熟人家的青年X，对去画家冈田三郎助的工作室学习的千弘一见钟情。千弘去画室学习，与职业并没有关系，只是一种单纯的才艺培养。在冈田的指导下，她加入了当时的女画家团体“朱叶会”。但岩崎家的父母并不觉得兴奋，他们的头脑中只有千弘成为好主妇、建立圆满家庭的样子。

婚事的第一道难关是要求对方成为岩崎家的养子，继承岩崎家的姓氏。这是从前正胜与文江结婚时经历过的问题，如今青年X也允诺了。正如许多任性的少女一样，千弘对国外怀有憧憬，强烈希望到国外生活。于是通过文江的政治影响力，青年X在东洋拓殖会社中调动了职位，转到中国大连工作。两人的婚事似乎进展顺利，但一开始千弘其实很讨厌X，曾经直截了当地告诉他“希望不要再提那件事”。说千弘这么做是勇敢，不如说是对“美”的极度憧憬生出的力量所致。

被恋人背弃的X失望沮丧后的悲叹，在旁人眼中也看得一清二楚。

也许是因为所谓的少女之心，千弘看到青年悲伤的样子，被深深地感动，立刻同情起他来，又改变主意，答应了父母这桩婚事。

“母亲是行动派，一点也不优雅。父亲是文学青年”

——与千弘的妹妹小川世史子、岩崎准子对谈

黑柳 您母亲在二十八岁左右，与您三十五岁的父亲结婚，之后生下三个女儿，在当时算是高龄生育吧。

小川 与别人相比，母亲是晚婚，生育时算是非常高龄了。

岩崎 确实是高龄生育。

小川 而且连生三个。

岩崎 我是最后一个。据说当时父亲叹道“又是女儿啊”，郁闷得卧床不起。

黑柳 您父亲想要男孩？

小川 那是男孩的时代嘛。据说是想让男孩去参军。

岩崎 亲戚们说，岩崎家有三个女儿，可怎么办？毕竟在那个时代，“一卡车女人抵不上一个男人”嘛。

黑柳 您母亲是府立第六高等女子学校的教师，据说是很严厉的老师。千弘的同学林女士这样说过。那么您觉得母亲是

个怎样的人呢？

岩崎 总的来说是勤劳的人。比如像我们这样的谈话，母亲就会认为是浪费时间。尽管如此，她的社交能力却特别强，连我们去乡下后，人家也都来找母亲。不过，那就要像我们这样一对一地说话。这种时候，母亲就觉得太浪费时间了。

小川 她会一边织东西一边说。

岩崎 是啊，她一边编织或者写明信片，一边应酬人家。

黑柳 一边写明信片，一边和人家说话？

岩崎 她自己也说过边写明信片边聊天“很失礼”。坐电车的时候，她会闭目养神、编织东西或者写明信片。不过有一次睡着了坐过站，她也做过这样浪费时间的事。

小川 从新宿到松本的路上，您猜她织了几双袜子？

黑柳 路上要很久吧。

小川 以前需要九个小时，现在只需要三小时了。

岩崎 但换个角度来说，她一点也不优雅。我不怎么喜欢。

小川 千弘经常这么说。

岩崎 所以，千弘和父亲投缘。

黑柳 您父亲是一位怎样的人？

小川 父亲很温和。母亲是行动派，父亲沉默寡言。他是文学青年，从少年时代起就对文学有兴趣。

黑柳 他总是看书?

小川 他会投稿，写了很多小说，投给《少年俱乐部》之类的杂志。

黑柳 您母亲没有像千弘那样的优雅吗?

岩崎 没有。千弘是那种会望着天空发发呆的类型，母亲不会。

黑柳 那么，千弘的优雅是从哪里来的?从父亲那里吗?

岩崎 从父亲那里来的，肯定的。

黑柳 但如果您母亲不那么勤快，事情一定做不完。

小川 是啊。她一边在学校里工作，一边取得了插花的资格证书，还要缝制三个孩子的衣服，编织所有的毛线活儿。

岩崎 真是不可思议。母亲身体不行了以后，躺在床上也是那样。当时有一位十九岁左右、理想是当画家的保姆金子姑娘。那姑娘喜欢蹲在地上，望着院子发呆。我母亲可以隔着玻璃看到院子，就说:“金子在做什么?”那时她已经卧床不起了。她老是说“哎呀，金子在做什么呢”，我就说:“她正是多愁善感的年纪，大概在思考什么吧。”母亲无法理解这些。直到最后她都是这样。换作一般人，若是卧床不起，也就不操心了。

黑柳 不过，像您母亲那样勤劳的人，就会觉得“不要发呆，有那个工夫做点什么不好吗”。

岩崎 对，对。父亲常在院子里发呆，那边有条河，父亲望着河水出神的时候，母亲会说：“哎呀，孩子他爸，你在干什么？”父亲大概是在思索俳句吧。那时候，母亲就说：“又来了，真烦人哪，他爸。”（笑）

小川 不过，千弘总是说“多亏了母亲，才有现在的我”。

第四章　处女妻子

时代的悲剧：第一次婚姻

千弘应允婚事后，父母非常高兴，这样就可以像别人家一样嫁女儿了。

二十一岁出嫁绝对不算晚。当时的女孩子如果出嫁晚了，就无法缔结如意姻缘，婚事上难免要伴随些负面的因素，比如对方是再婚，或者有挑剔的公婆之类的欠缺。二十一岁正是新娘的理想年纪。虽然对方毕业于私立大学，但他是前往“满洲”的东洋拓殖会社职员，可谓前途无量，做中产家庭女孩子的结婚对象无可挑剔。

母亲文江比父亲的社交范围还要广，她打算隆重地操办长女千弘的婚礼。无论结婚仪式还是婚礼宴席，都不能让人在身后指指点点。文江决定不惜重金，把婚礼办得体体面面。本来婚礼应当在男方的老家举行，但既然男方入赘，一切就以岩崎家为中心来进行了。

婚礼在明治纪念馆举行，地点位于现在权田原的神宫外苑入口附近。选择这个会场很符合父母的职业身份，纪念馆是拆掉宫廷典礼中搭建的临时御殿后，用它的材料建造的，临时御殿选用的都是木曾的皇家御用林地的优质桧木。奈良以前由国家铁路经营的奈良酒店，也是由大正天皇大典时悠纪殿和主基殿的剩余木材建造的。单凭这一点，当时的人就感到与宫廷结下了深深的缘分。

母亲文江在东横商场（现在的东急商场）的和服部定做了最高级的黑色礼服，加上了岩崎家的家徽。她还买下一身浓橘色全身花纹的长袖和服，作为婚礼上换装之用，这在当时是很罕见的。

按照本书中前几章的惯例，这里本来应当附上华丽的纪念照片，请诸位见证千弘是如何完成传统的旧式婚礼的，但现在却不可能了。

这是因为千弘成为“未亡人”后，立刻检查了所有相册，把有关 X 的照片全部揭下来毁弃了。千弘的决绝用言语难以形容，无论我怎样寻找，也没有发现一张 X 的照片。千弘已去世十多年，一切都湮没在历史中，耻辱应当已烟消云散，可是千弘对他的厌恶却依旧留存，直到现在也不允许我们回顾历史。

在执笔写下这篇文章时，我想，千弘对 X 的憎恶——不，比起“憎恶”，说“洁癖”更确切些，应当是她对自己的“美”之信仰极为强烈所致。人各不相同，自然有并不健全的人。青

结婚仪式前，千弘身着换装用的长袖和服

年 X 的死对千弘是沉重的打击，也是让她对人生意义进行透彻思考的契机。我认为这件事成了千弘后半生自我牺牲式的，抑或说自我奉献式的生活的基础。

妹妹世史子和千弘无话不谈，据她说，千弘十分讨厌 X。

“他一到我身边，我就起鸡皮疙瘩”——千弘这句描述带着少女式的神经质，但从中可见她从生理上难以忍受对方。

婚礼翌日，世史子去酒店里看望度过了新婚之夜的千弘夫妇，千弘却对着她落泪，令世史子不知所措。

X 很有绅士风度，他从心底爱恋千弘，所以并不像小说中常见的那样，并没有使用什么手段将她据为己有。

世史子早先就听姐姐说过自己的决心，所以她相信“处女妻子”这样的事可以成立。那个时期很多女性都是如此，大多数新婚之夜是“从不情不愿顺理成章地转为半推半就”，父母们也都这么认为。母亲根据自己的经验，以为女儿的婚事也会经历这个过程。

可是，千弘却极为晚熟，对“性”尚未觉醒，因此严正地拒绝与 X 的身体接触，并且这样做了。其实是秉性严谨的 X 相信既然结婚了，千弘某一天一定会成为自己真正的妻子，因而以极大的忍耐力等待那一天的到来。

据妹妹世史子所说，直到丈夫自杀，千弘都保持着处女之身。所以，千弘尽管结婚了，却依然是纯洁的。

X 要顾及人们的看法，而且怀着将心爱的理想女子迎娶为妻的喜悦，没有急于索取夫妻夜晚的欢愉。表面上他们是幸福的一对，成功地保住了体面。

丈夫先行一步去大连赴任，千弘稍晚些动身。

我曾经去战前的大连旅行过，那是建设了所谓“满洲铁路”的地方，宽轨铁路绵延伸展。日本占领大连之前，大连是俄国从中国割让来并进行开发的殖民地，所以大连的街道也好，住宅也好，都是大陆风格或者说欧式风格，在大连旅行堪称一次小型欧洲旅行。马车奔跑在街道上，景象令人联想到欧洲的街头。

千弘受三度周游世界的父亲正胜的影响，对外国尤其是欧洲文明怀有深深的憧憬。此时，除了青年 X 是自己的丈夫这一点，其他方面她一定感到心满意足。但她还是几乎每天都给娘家写信，不断诉说着小家庭的寂寞。

父母看到千弘的不满，终于发现女儿的心绪与自己预料的相去甚远。他们甚至叹息“这桩婚事能维持两年就算不错了”。

忧心忡忡的父母派妹妹世史子在暑假期间到大连安慰千弘，两姐妹在另一个房间铺下被褥，一个劲儿说着攒下来的体己话。丈夫热情欢迎妻妹的到来，带她们去星浦[1]（被称为“湘

①即大连星海公园。

南海岸”的游玩地）等各处游玩。两姐妹视为理所当然，其实这在当时是很奢侈的事。

令我深怀同情的X，终于到花街柳巷去消解性苦闷。他本来心性单纯，可能是不谙此道的缘故，竟然像十几岁的少年一样染上了性病。我十分同情不知所措的X。大概是出于羞耻心，他延误了治疗。后来，他回了一次东京，但岩崎家的人们对他的烦恼一无所知。

两个妹妹也没有察觉到，姐姐与姐夫之间的关系已经那么紧张了。大家都认为他们正过着寻常新婚夫妇的蜜月生活。

身处大连的职员公寓的千弘，还没有显现出一星半点要成长为日后的“岩崎千弘”的迹象。假如她每天拿着素描簿，画一些大连的街头风景，她的画囊将会大大充实，但此时千弘还没有意识到自己的绘画才华会大放异彩，甚至名动当世。她虽然已过二十，而且有充足的时间，却还是一派大小姐模样，弹弹钢琴，或者像少女那样系着长腰带，坐在围墙上看看风景。

才华在绽放之前，通常就是如此。连日后成为天才的人，若是向周围的人打听一下他此前的情形，回答也总是“那是个平凡的孩子”。

日子就这么平平淡淡（其实对X而言如地狱一般痛苦）地过去了。千弘完全没有意识到自己对X的态度有多么残酷。那个宿命般的日子就在此时突然降临。

那天，千弘外出归来，一打开房门，就看到丈夫吊在门框上晃晃荡荡，已经死去了。千弘哭喊着跑到附近一位熟悉的太太家里。

后来她发了一封电报，父亲正胜赶到大连处理了后事。

一切都是秘密进行的，事件发生在大连，对保守秘密倒是合适。

所以我并不清楚这段往事的详情。当时住在东洋拓殖会社职员公寓的人们也许知道这件令人震惊的事，但我并不想去探寻。我只想记下一点，就是依照青年X的遗言，他的墓建在岩崎家的墓地中。不是因为谁的错，而是时代造成了这个悲剧。

“完全没有爱情，她说，因为我失败了”

——与千弘的妹妹小川世史子、岩崎准子对谈

黑柳 三姐妹一起聊过结婚啊做新娘啊之类的事儿吗？

岩崎 姐姐千弘最担心我的婚事，特别担心。

小川 她说“因为我失败了”。

黑柳 千弘认为她的第一次婚姻是“失败”的，不过那是恋爱结婚吧？

小川 不是恋爱结婚。

岩崎 完全没有爱情。

小川 那时候觉得结婚像是做梦一样。朋友们说结了婚就会幸福，老师也总是说女人必须结婚。

岩崎 所以千弘对自己的婚事很着急。

小川 是啊，她是着急了。

黑柳 那么，婚事是谁介绍的呢？

小川 是母亲的一位学生二宫女士。

岩崎 是母亲拜托她的。母亲对二宫女士说“有没有什么知根知底的人”。

小川 很偶然的，一位寄宿在二宫女士家里的人不知怎的喜欢上了千弘。千弘说“要是你愿意到我家做养子，就可以”，对方竟然说“我愿意”。我父母大喜过望。

岩崎 那个人特别迷恋千弘。

小川 是的，他着迷了。

黑柳 那位先生有多大年纪？

岩崎 二十七八岁。

小川 正是合适的年纪。

岩崎 他经常到我家来玩。父亲给他听名曲，也不知道他听懂没听懂，反正在仔细倾听，说着“嗯、嗯”。

小川 我父母很喜欢他，毕竟人家肯过来做养子。但千弘却完全没有那个意思。

黑柳 他是哪里人？

小川 新潟。所以父母很满意。

黑柳 他从事什么职业？

小川 在东洋拓殖会社工作。

岩崎 也就是工薪阶层。他毕业于专科大学，好像是经济系还是什么系。

小川 千弘还有一个条件，就是“去国外”。他连这一点也接受了，向公司提出申请，调到大连工作。

黑柳 那位先生英俊吗？

小川 还可以吧。

岩崎 他个子不高，戴着眼镜，是一位有知性风范的温厚绅士。去世的时候二十九岁。

小川 不过，当时一切都是保密的。可是有一天千弘忽然自己说了出来。

岩崎 于是大家也不再忌讳了。

黑柳 千弘是什么时候说的？

小川 在她和松本先生结婚之后。她告诉了松本先生，甚至还告诉了用人。

岩崎 她说“公开了也没关系”。

小川 是的。

岩崎 在那之前，因为觉得对千弘有妨碍，我对丈夫都没提到过那件事。

小川 即便到了现在，亲戚们还是不知道。当时好像说成因为肝硬化去世的，我们一直守口如瓶，现在才说出来。

黑柳 那么，千弘这段婚姻有多长时间呢？

岩崎 正好一年。

黑柳 举行过结婚典礼了吧？

岩崎 在东京的明治纪念馆举行的，典礼隆重极了。新娘子很漂亮。新娘礼服是黑底的，肩膀以下满满的都是花纹，是当时很罕见的绚丽的大长袖礼服，而且是我们买下来的。

小川 婚礼上替换的衣装是浓橘色全身花纹的豪华大长袖礼服，漂亮极了。母亲买下了东横商场里最高档的礼服，说是我们三个都可以穿。

岩崎 人家愿意到我们家做养子，而千弘又是最孝顺的女儿，父母自然不惜花费。

黑柳 对方的亲人也来参加婚礼了吗？

小川 他的哥哥从新潟过来了。

岩崎 据说他母亲非常反对他来我们家做养子。

黑柳 也就是说，虽然没有爱情，但因为父母觉得合适，千弘就和那位先生结婚了。

小川 以前就是这样，听上去都不像真的。

岩崎 我们的父母也是没有恋爱就结婚了，但相处得很好。所以他们认为，只要结了婚，没有爱情也会相处融洽。

黑柳 之后，先生去了大连任职，千弘也随他一起。千弘会写信回来吗？

小川 每天都写信，说“寂寞、寂寞”。我就在暑假的时候去了大连。当时还是坐船去的。

岩崎 当时他们住在职员公寓，据说千弘在那一带很有名，人家都说她是“可爱的太太”。

小川 可爱的太太，系着长腰带坐在围墙上。

岩崎 千弘的脸蛋不算美，但态度可爱。她会弹着钢琴等待丈夫回家。

小川 她好像很有名，人们会说“那个人的太太怎样怎样”。不过，千弘是非常文静的人。她就是个大小姐，自己没什么主见，所以想法也比较天真吧……

黑柳 当时，您知道千弘和丈夫的关系有些冷淡吗？

小川 我全都知道了。千弘没有秘密。在大连时，我们姐妹从早说到晚。现在想起来，她丈夫很可怜。因为我和姐姐住在一起嘛。

黑柳 先生住在另外的房间？

小川 是啊，千弘和我睡在一起。

黑柳 千弘为什么那样对丈夫？

小川 她说，那个人一到她身边，她就觉得毛骨悚然，浑身发冷。

黑柳 但那位先生不惜入赘，也要和自己喜爱的女人结婚，结果却连碰一下都不可以。他没有用力气硬来吗？

小川 如果他那么做，女人会逃走的。

岩崎 他的态度很绅士。女人是会逃走的，如果使用暴力她就逃了。

黑柳 于是，他就等待着能自然而然成为夫妻的那一天？

真是一位可怜的先生啊。

小川 现在想来，确实如此。因为这种情况，他去外面玩，染上了病，于是把千弘丢在那边，自己回日本看病。之后他又回到大连，再后来就出事了。

岩崎 当“猝死”的电报发来的时候，我上女校三年级，正赶上快考试了。我说不上喜欢那个人，但当时不由自主地哭了又哭，终于没能去考试，只能补考。我只是觉得他太可怜才哭了，完全不是出于什么爱慕之心。

小川 我一看到“猝死”的电报，立刻明白了几分。

岩崎 不过，父亲好像什么都知道，他说了一句“做了糊涂事啊”。

小川 于是父亲立即赶了过去。

黑柳 先生是在那边自杀的？

小川 当然是。就在职员公寓里。

岩崎 一开始是服了毒药，但没能死成，于是上吊了。

黑柳 千弘回家的时候，看到了那一幕？

小川 她跑到邻居家哭泣，大家帮助她处理的。

黑柳 您父亲便火速赶了过去。

小川 是的。父亲临回国的时候，把大家都请去吃了一顿饭。

黑柳 有遗书之类的吗？

小川 说是把自己的保险全部给千弘。

岩崎 真可怜。而且，他还说“我想葬进岩崎家的墓地”。

小川 是啊。

岩崎 所以他进了我们家的墓地，享年二十九岁。

黑柳 自杀的原因是什么？

小川 神经症[1]。

岩崎 恐怕他们谈到了离婚问题吧。

小川 就算没谈到，那种情形下也会得神经症的。

黑柳 可是，即便丈夫得了神经症，千弘还是讨厌他吗？

小川 还是讨厌。讨厌就是讨厌，还是觉得浑身发冷。所以，我想他们早晚会离婚的。

黑柳 两个人都很可怜啊。

小川 总而言之，他们不适合对方。

黑柳 那么，您父亲到了那边，把千弘带了回来？

小川 是的。他宴请了大伙儿，到公司去拜访，表达了“承蒙照顾”的感谢，还发表了有名的演说。

黑柳 发表演说？

小川 他非常喜欢国木田独步的《武藏野》，所以他做了好几场那种感觉的演说。

黑柳 就是夹杂着佳词丽句的那种？

---

①神经衰弱、焦虑症、强迫症、恐惧症等的总称。

小川 是的。他也很喜欢写那样的文章。

黑柳 千弘成为“未亡人”是多少岁？

岩崎 她虚岁二十二岁出嫁，所以她二十三岁（满二十一周岁）时就已经是未亡人了。

第五章　学习“和假名”

千弘绘画技法的秘密“和假名”

秘密地处理完千弘丈夫自杀的事件后，父母松了一口气。战前在昭和十年代的日本，家中有人自杀被看成家门的耻辱，所以岩崎家称千弘的丈夫是因肝病去世，以保全体面。

父母明确地承认了自己的错误。他们意识到让千弘接受旧式婚姻是强人所难，这位“嫁而复归”的女儿，短时间内是不会有姻缘上门了。他们决定让女儿自立。

千弘的父母在考虑她的自立问题时，并没有考虑到千弘的绘画才能，他们似乎觉得她靠绘画无法赚到钱。这也无可厚非，那时人们还不像如今这样，把绘画作品看作宝贵的财产，从德川时代流传下来的谚语“写诗作画莫如种田”还深入人心。

千弘的父母正属于“种田”的类型，说起来，他们年轻时可能就被告诫了“读书莫如种田”。虽然他们不必像种田那样劳累身体，也赚到了钱，但想在昭和十年代自食其力，试图通过“绘画才能”来获取金钱也并非聪明的主意。

关于这一点，想一想我作为剧作家的生活，也是一个道理。当时，痴迷于戏剧云云简直愚蠢透顶，从事艺术职业被认为是虚耗金钱。因此，千弘的父母没有考虑她的绘画才能也可以理解。

不过，我这里有一张照片，上面有许多学画的女学生簇拥着国际知名的藤田嗣治[1]、有岛生马[2]等大名鼎鼎的绘画大家。这是女画家社团“朱叶会”的集会照，千弘的老师冈田三郎助[3]从“朱叶会”创立之初就担任顾问。照片中，一向腼腆内敛、总是躲在人后的千弘罕见地坐在了中央靠前的位置上。

据千弘的二妹世史子所说，那是千弘在朱叶会获奖时的纪念照。即便如此，岩崎家依然没有将千弘当成“画家”来认可。此次的获奖作品应该当作可资纪念的荣誉被岩崎家珍藏，但现在千弘美术馆并没有收藏那幅作品，大概是在战争中烧毁了。

当时，在父母看来，学习油画只是所谓的“闺秀教养”，就像德川时代商人家的女儿学习古琴和三味线一样。

从千弘的少女时代起，父母就让她学习书法。这是后来惊动世人的一大福音，与诸位也有关联，在此请允许我先卖个关子。

不难想象，母亲是因为千弘在学校时就写得一手好字，才

---

①藤田嗣治（1886－1968），巴黎画派代表画家之一。——原注

②有岛生马（1882－1974），师从藤岛武二，留学意大利、巴黎，因介绍塞尚和后期印象派而闻名。——原注

③冈田三郎助（1869－1939），曾在法国师从拉斐尔·科兰，为东京美术学校教授。——原注

考虑到让她有一技之长，会有助于她的自立。

千弘在朱叶会获奖，并与国际知名的大画家藤田嗣治合影留念，但在岩崎家的饭厅里完全没有被当成一回事。这就是所谓“无知”的可怕。千弘真是可怜。世间不乏这种事例，有些人尽管怀有稀世的才华，却由于周围人的无知，璀璨才华便被徒然埋没了。

学习书法对千弘是件大好事，她成为后来的“岩崎千弘”，都是因为这段时期的培养。母亲让千弘入了教授和假名的女老师小田周洋的门下，当时很多妙龄少女在那里学习。

这位小田周洋老师是文江在奈良女子高等师范学校时的学妹，是岸信介、佐藤荣作两位前首相近亲的遗孀。当然，那时岸信介还是所谓“满洲国”的一名“新官僚”，佐藤则是国家铁路的职员，还没有后日的盛名。比千弘晚两届的学妹伊藤敏子（本姓若杉）是医生的女儿，她为岩崎家自由开放的氛围吸引，总是待在岩崎家与三姐妹形影不离，称千弘“姐姐”。敏子感佩于千弘精湛的书法，从岩崎家要来千弘“写坏了”的废纸，珍重地保存起来。如今，那成了千弘留存于世的少数书法真迹。我认为在这和假名中蕴藏着千弘绘画技法的秘密。

书法与绘画关联密切，都是使用毛笔的艺术。有了毛笔这一重大发明，人们才能使颜料长时间地留在绘画工具上。原始人画画用的是砍下来的木棒，存留不住颜料，必须不断地补充，

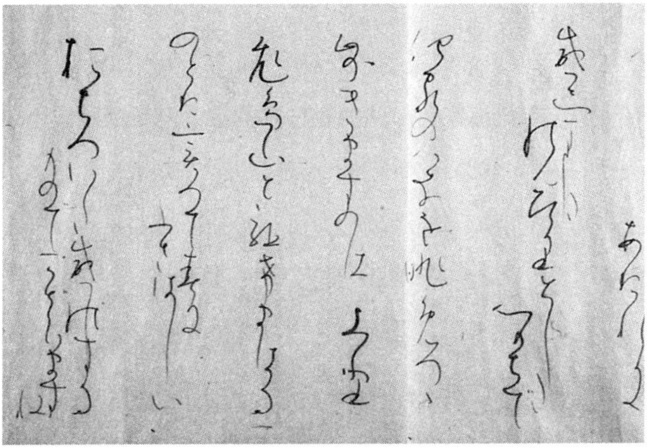

千弘的书法

所以线条是断断续续的。而毛笔中纤细的毛发会产生毛细现象，将颜料溶液吸上去，贮存在大量毛发之间。人类终于（或许说很早地）发明了毛笔，在纸上涂抹，才诞生了绘画的第一要素线条。停笔的时候则会产生“点”，点的大小依据对笔施加的压力不同，由流下来的溶液多少决定。也就是说，加大笔的压力时，相应的颜料溶液落下，点便会“渗开”。所谓的书法，就是运笔的缓急与笔压大小的组合。依我看来，现代书法是抽象画的一种，是用线条与墨色编织而成的抽象世界，与康定斯基的作品并无二致。实际上，像篠田桃红女士正是从书法的世界出发，成为如今国际知名的前卫素描画家的。但千弘身边的人并没有考虑到那种可能性，只是称赞一番“真有天分”就算了。

千弘跟随小田周洋老师，努力学习吸收了藤原行成流派笔法的和假名书法。练习书法先要临摹老师的字帖，老师用红笔指出与字帖相异的部分，修正笔压与速度不足的地方。所谓“巧”，就是能掌握用笔的窍门，调整好字形。

假名文字起源于汉字（汉字被称为“真名”），是将汉字读音与日本发音相对应，逐渐简化汉字，使之易于书写而形成的。比如现在日本人写的字，“は”字便是从汉字“波”演变而来，仔细观察一下，会发现“は”字中还残留着“波”字的痕迹。由于假名被改造得过于日式，很多人已不能按照假名回溯本源的汉字了。

假名本是人们为了读《万叶集》想出来的办法，因而称为

“万叶假名”。小田周洋老师就从讲解《万叶集》开始，指导大家的书法。

千弘从源头开始学起，所以字形十分工整。她学习了还保留着许多汉字痕迹的字体，连同每个读音的若干种变体，都娴熟地掌握了。

伊藤敏子比千弘晚两年入小田周洋的师门，那时千弘已经是老师的“代理教习”，也就是“助教”，以书塾教导者的身份来指点学妹们。

我如此重视书法与千弘的关系，是因为后来千弘随心所欲驱使的正是水彩颜料。运用水彩颜料可谓是书法的一个变种。千弘并没有成为抽象画画家，但在我看来，千弘作品中包含着出色的抽象画，甚至可说是现实主义与抽象画结合而成的作品。

“像有蝴蝶在油菜花田里飞舞一般的家庭”

——与千弘妹妹小川世史子的同学伊藤敏子对谈

黑柳 这是千弘大约二十二岁时写的字吗？已经写得这么好了，真是难以想象。

伊藤 的确难以想象。

黑柳 千弘是在丈夫过世后才开始练习书法的吗？

伊藤 不是，她在结婚前，从学校毕业之后就开始练习了。我们从女子学校毕业时，八个人一起去小田周洋老师那里学习书法。那时大家觉得这也属于新娘教育。当时有两位代理教习，其中一位就是千弘，她的书法已经写得这么好了。千弘和我就读的第六女高，书法课只上到三年级，四五年级的时候就没有了。我并没有听说千弘上学期间还在别处学过书法，所以她真是很有天分。那时，她称自己是“靖子”。

黑柳 千弘叫作“靖子”？

伊藤 是的。所以您看，这个署名写的是“靖”。

黑柳 那件事之后，她改名字了？

伊藤 不，我想她结婚时已经改了。但具体是什么原因，我虽然总是在她身边，却没有问过。大家都叫她“靖子小姐”。

黑柳 是千弘自己改的名字吗？

伊藤 应该是她母亲考虑到诸多因素，替她改的吧。

黑柳 户籍上并没有改，是吧？

伊藤 是的。可能是“千弘”这个名字感觉太强硬了些。

黑柳 确实，“千弘”如果用平假名来写，还是比较柔和的，但本名的汉字就……

伊藤 对，感觉像男人的名字，是吧？小田周洋老师的名字也是这样。

黑柳 哎？周洋老师是女的吗？

伊藤 是的。小田周洋老师和千弘的母亲都毕业于奈良女子高等师范，周洋老师要晚一届。听说她是岸信介的表妹，所以模样很像岸首相的弟弟佐藤（荣作）首相。周洋老师有一个年纪很小的儿子。总之，千弘的母亲让她去练习书法。

黑柳 丈夫发生了那样的悲剧，千弘会不会感觉深受伤害？

伊藤 我不是很清楚。姐姐没有说过——哦，抱歉，我总是叫千弘“姐姐”，对别人就没叫过了。世史子也没有提起过，虽然她们的母亲还是我在第六女高的恩师。不过，我确实感觉到姐姐对于人的死怀着悲哀，总是看起来很寂寞。但是她也习字，也和我们一起因为棒球之类的欢呼雀跃。可能她的母亲就是考虑到这些，才让她来习字吧，我是这么理解的。母亲在背地里操碎了心，为她创造出这样的环境，觉得让她置身其中就好了。我非常理解这一点。

黑柳 听说千弘是用左手画画，写字时是怎样的呢？

伊藤 写字用的是右手。但如果需要指导的人坐在对面，姐姐就坐着用左手帮她修改。

黑柳 哎？是用左手握笔，帮坐在对面的人修改书法吗？这可非同寻常啊。

伊藤 对，是非同寻常。（笑）

黑柳 的确，比起右手来，用左手来修改对面的字会更方便些，可这样字是颠倒的啊。太厉害了！

伊藤 的确是，嘴上说起来简单，但……

黑柳 可见千弘在毛笔和书法上的技艺都非常娴熟。关于她的容貌，您有什么印象？

伊藤 不引人注目，只是显得天真单纯，像少女一样。

黑柳 您还记得当时她穿什么洋装吗？

伊藤 当时还不是讲究洋装的时代，所以习字的时候，姐姐几乎都穿和服。对了，她穿黑色大岛绸和服，经常罩一件朴素的淡红色扎染外褂。她总是穿这一身。至于头发，那时候她已经是日后一直保持的发型了。

黑柳 这是周洋老师的字吗?

伊藤 是的。老师说这是（藤原）行成流派的书法。

黑柳 啊,不得了,写得太好了! 太吃惊了。到底要怎么做,才能把字写得这么好呢?

伊藤 周洋老师是一位个性刚强的人，而且我觉得老师传统式的思想根深蒂固。同样是女子高等师范毕业，千弘母亲的思想就灵活而自由。

黑柳 咦? 我曾经采访过第六女高的毕业生，说她是“很吓人的老师，一想起来心就怦怦直跳”。

伊藤 嗯，说话方式是比较斩钉截铁，但我觉得她是一位亲切的老师。比如我上补习班的时候，她带着我们沿日本莱茵河① 而下,一直到达犬山城。当时外出旅行,如果没有达到一定人数，校长先生不会同意，千弘的母亲就说“已经够了”，一共十三人就出发了。我们没有详细的计划，真是随心所欲的旅行。千弘的母亲虽然某些地方非常严谨，但她能够通融，并且具有行动力。另外，校长丸山丈作先生是当时府立学校（现在的都立学校）中少见的教育家。

黑柳 他是一位有名的进步教育家啊。

伊藤 是啊，就说成绩单吧，通常来说府立学校每个人都

①木曾川的一段，因为风景颇似欧洲的莱茵河，被命名为日本莱茵河。

必须领成绩单，但是在我们学校，不想要成绩单的人可以不要。想要的人在信封上写上名字，交给主管老师就好了。

黑柳 哇！可以不用给家里人看成绩单，真是好学校啊。（笑）

伊藤 是的。我觉得千弘的母亲和这样的校长先生非常合拍。我是古板家庭中长大的孩子，那时经常去千弘家住，都不愿意回自己家。那样的家庭气氛，正像是有蝴蝶在油菜花田里飞舞一般。

黑柳 千弘的家什么样子？

伊藤 现在想来，房子大概有三层，是木造的。三楼是客厅。在家中，千弘的父亲和其他人都管千弘的母亲叫"妈妈、妈妈"。

黑柳 很洋气呢。

伊藤 为什么要叫"妈妈"呢？我想那不是故作洋气，而是信州人式的朴素称呼。在我的印象中是这种感觉。

黑柳 大家一起看棒球，就是在那个时候吗？

伊藤 是的。我们说是去习字，其实是为了找借口在回来的路上去外苑看棒球。因为周洋老师家住在青山三街嘛。我和姐姐、世史子一起，去看早庆大战①什么的。那时姐姐在小册子上写了"太阳安打"，因为球飞进了阳光中，看不清楚了。姐姐便在小册子上画了漂亮的太阳，把小册子画得满满的，真美，惹得旁边的人都凑过来看。

①早稻田大学和庆应义塾大学间的棒球比赛。

黑柳 如果这些保留下来，该多么有趣。

伊藤 所以在周洋老师的习字课上，当老师让我们写信封上的地址时，我们都一个劲地写自己着迷的棒球选手的名字，当成书法练习。

黑柳 那是什么时候的事呢？

伊藤 六所大学……哪个是最后呢？昭和十八年就让学生上战场了，所以是在那之前吧。不久，我们就不能练习书法了。其中有周洋老师的身体原因，但更主要的是我们不得不去参加志愿队，再也谈不上习字之类的了。

第六章　千弘的奢华旅行

战败前一年前往“满洲”

从前，我曾一度决定写千弘的传记，但很快中止，因为遇到了一个重大的疑点。如今在这个疑点上，我已经能心怀坦荡地运笔不辍，但必须承认十几年前还没有这个勇气。

那是因为我意识到，不得不对千弘的父母进行毫不留情的批判。

关于千弘的父母，此前我坦率地进行了叙述，不过接下来要写的，却给了我非常大的压力。

我给这一章取了个夸张的题目“千弘的奢华旅行”，因为感觉在当时的情形下，这个题目最为恰当。昭和十九年是战败的前一年，而就在这一年，千弘与妹妹世史子、称千弘为“姐姐”的好朋友若杉敏子，以及年轻画家（现为西洋画领域泰斗）中谷泰一行四人启程前往中国旅行。这次旅行名义上是去工作，但千弘根本没有就职。根据千弘的年表，这一年她去“满洲”一个名叫“勃利”的开拓村担任习字教师，但按照同行之人的说法，完全没有那回事。

那次旅行中千弘画了些自己喜欢的素描，如果那些素描还保留着，我们就可以推知当时千弘的心境，但它们已全部毁于战火，无从评论。我写到这里，回想起我们这些与军队攀不上关系的庶民百姓，当时因为配给太少濒于饥饿的景况，不禁有些焦躁。与军队有关系的人借用管制之名，过着军本位的生活，普通国民则被迫忍耐艰难困苦。

“一部分人过着不知战争带来的窘况的生活。”经常看到这种说法，其实，只能说千弘他们正属于那“一部分人”。千弘充分体会到了有军队背景的特权阶级的幸福。

这完全出于偶然。千弘做教师时认识一位来习字的学生，学生的伯父是战后内阁首相铃木贯太郎的妹夫。这森冈大佐便是千弘所属的开拓团所在地勃利的团长。

千弘一行在日本拿到了简单的介绍信，以此为机缘，他们受到了森冈大佐的厚待。

不，不仅是厚待，森冈大佐还救了千弘的命，同时也挽救了千弘日后创作出的大量艺术品。

依我的推测，大佐既然是铃木贯太郎的妹夫，那么应当早就对战局的走势（即日本必然战败）有所察知。这个人后来被调派到菲律宾，病故于军中。如果他能长寿一些，看到千弘大有所成，就会知道他的英明决定给后世留下了多么宝贵的礼物。

当然，森冈大佐无从看到千弘成名，但作为记录历史的人，我愿意把森冈大佐的名字记录于此。如果没有大佐的英明判断，千弘的命运只能是将才华埋葬于荒野之中。

大佐没有把千弘派遣到勃利的学校中，而且还给了这三个涉世未深、对战局推移一无所知的年轻姑娘特殊待遇。原因之一可能是大佐明白，这种悠闲的日子没多久了。而且在大煞风景的前线生活中，有女孩来寻求自己的庇护，对他也许是最好的心灵慰藉。

三个女孩完全想象不到苏联军队的威胁，相信日本军队不顾全世界的反对建立的“满洲国”会永远存在下去，她们在大佐军队下属的医院帮忙做事。

只能说是幸运，千弘她们在美国潜艇出没于朝鲜海峡和日本近海、击沉日本船舶变得司空见惯之前，在比较安全的时期回到了日本国内。

如果众人一起回去，会过于惹眼，所以大佐让千弘先回国。当时堪称“奢华之旅”的旅行就这么无果而归了。

不知为何，中谷泰先生加入了这一行。当时，中谷先生已经订婚，据说当他们来到下关，正准备乘船去往中国时，中谷先生的未婚妻还为了送一件他遗忘的重要物品，从东京赶过去。

喜欢说长道短的妙龄女孩们，有一段时间也窃窃谈论过千弘和中谷先生是否会结婚。但中谷先生似乎并无此意，可能是因为有未婚妻吧。从对方以送物品为托词追到下关的行为，可以推知那是一位性情热烈的人。中谷先生曾经担任“千弘美术馆”的运营母体“财团法人岩崎千弘纪念事业团”的第一任理事长。

依我看来，岩崎千弘的画风与中谷先生的画风几乎找不到共同点。如果要说千弘受到了中谷先生某些影响，我想也仅仅是到绘画入门这一步。

至少对中谷先生而言，那次中国之旅极大地丰富了他的画囊。当时的哈尔滨被称为“亚洲的巴黎”，是年轻画家们憧憬的城市。中谷先生能一路畅通地来到哈尔滨，千弘母亲的介绍起了重大作用。

我周围也有几位画家。对当时处于锁国状态下的日本人来说，描绘保留着浓厚欧式文化的哈尔滨、上海、天津等旧殖民地是时髦的事。若是能满足自己的憧憬，他们便会满心欢喜，愿意与军人妥协。

总之，女孩们对世界历史的动向毫不关心，对政治消息也一无所知，她们只是觉得国内太局促，想要寻求广阔的天地，便飞向了新大陆。

于是，她们没有任何知识准备，只是凭着千弘的母亲曾经去过那里，利用关系进行了奢华的“满洲之旅”。如今，我一边看着历史年表，一边想到她们的行动，不禁悚然心惊。她们竟然去了那么危险的地方。

这种偶然——仅仅是一张简单的介绍信，救下了三个女孩的生命。

当我想到千弘政治立场非常鲜明的后半生，心里就会条件反射般地浮现出这次奢华旅行。

尤其是看到遗留在中国的日本孤儿访问故国的电视节目时，我不由自主地想到正是千弘的母亲文江作为女子青年团的主要人物出面，将众多女子青年团员送去做了新娘。

当时千弘丝毫想不到随着历史的变化，这些行为会成为巨大的悲剧。当她年长之后重读世界史，一定会想到自己也曾经置身于日本不光彩的历史中。

人会在自己未曾预料的时候，在无意识中犯下大罪过。那些罪过几乎都源自无知，千弘的奢华旅行也不例外。

我曾经为“青年剧场”剧团改编一九八七年芥川奖获奖作品《锅里》（村田喜代子著），原作者村田女士在原作中完全没有涉及政治，而我则恣意地引入了政治问题。

原作中有一位八十岁的老人，长年从事教职，我就在这一点上做了文章。那个年龄的人必然经历过第二次世界大战，所以我设定这位主人公老太太为自己曾经协助过战争感到羞耻，不肯接受一分钱养老金。

这一点与原作大不相同，很对不住原作者。但我已年过八十，战争这一灾难是无论如何也难以回避的。那是我生活中最大的事件，直到今天仍然在心头挥之不去。

撰写千弘的传记时，我不禁感到，战争也给千弘的人生带来了巨大影响。本章中，我介绍了千弘在大战中过着怎样的生活，而这位只能称为“大小姐”的人物，又是如何成为了坚强自立的女性呢？这就是接下来的话题。

“没有从事开拓团的工作，而是在画画”

——与千弘妹妹小川世史子的同学伊藤敏子对谈

黑柳 您到“满洲”去，是在什么时候？

伊藤 昭和十九年四月。我们是在天长节[①] 的时候到达的。人家拿着旗子来欢迎我们，那天下雪了。

黑柳 昭和十九年的时候，日本本土的形势已经很严峻了。

伊藤 是啊，形势渐渐变得严峻，于是我们去了“满洲”。

黑柳 去“满洲”的前后经过是怎样的？

伊藤 千弘的母亲在女子青年团有一位熟人熊井老师。当时因为国家的政策，很多农村男子去了“满洲”，他们的新娘都是从国内过去的。熊井老师问千弘“教给那些新娘习字、做家事之类的怎么样”。那时即便留在东京，也谈不上练习书法了，所以千弘的母亲有了这个想法。千弘结婚后曾经在“满洲”住

①即现在的天皇诞生日。

过，妹妹世史子暑假时也一直待在那边，所以母亲考虑，如果姐妹俩一起去还是可以的。

黑柳 对千弘来说，那并不是有愉快记忆的地方。但既然母亲那么说了，自己也认为在“满洲”能做点什么事，就去了那边，是这样吗？

伊藤 对。比起在国内什么也做不了，索性去那边看看也好。就是出于这种心情。世史子很擅长西式裁剪，到了可以做老师的程度，可是东京的西式缝纫学校也关闭了。

黑柳 您一起去，是出于什么缘故呢？

伊藤 我一起过去，是因为实在不想待在没有姐姐（指千弘）的日本或者说东京。姐姐对我特别好，我和世史子也很要好。但现在想来，我仅仅是因为想和她们在一起，就跟了过去，真是奇怪的举动。去“满洲”这件事，我跟丈夫说过，但还没有跟儿子讲。

黑柳 现在想来，这真是非同小可。

伊藤 我们那时很无知，不过在当时来说，熊井老师给千弘的母亲介绍了一个非常好的机会。尽管事后姐姐和世史子说“妈妈太单纯了，所以才会上当”，但总之，我和世史子成了“随军人员”。

黑柳 随军人员？

伊藤 是的。我的父亲是医生，如果告诉他我要去“满洲”

就糟糕了，所以我把需要的东西一点一点地收拾到壁橱里，趁着父亲出诊的工夫，请搬运工把东西送到千弘家。

黑柳 当时计划在那边住多久？

伊藤 其实约定是待两年。一到那边就知道了，有合同。

黑柳 两年？！

伊藤 那时什么都不懂，令人惭愧。

黑柳 电影《末代皇帝》中，有一个镜头是甘粕（原为大尉）在“满洲”拍摄宣传国策的电影，当时好像有很多艺人去那边慰问。

伊藤 是的。在百业荒废的国内什么都做不了，还不如到那边看看，当时的形势就是这样。

黑柳 中谷先生为什么也一起去了呢？

伊藤 中谷先生是千弘学画时的老师，他是想去画画。中谷先生到哈尔滨后，媒体报道“新进画家中谷泰到达”，那边也有些画家欢迎说：“老师来了！”在“满洲”旅行的时候，每当火车到达一个站台，千弘和中谷先生就呼地冲下去，给车站和风景画速写。

黑柳 您是和士兵们一起坐船吗？

伊藤 不，没有士兵。我们是和熊井老师以及农村的新娘们一起去的。

黑柳 是集体行动？

伊藤 是的。到达之后，我们本来应当住在开拓团，可是那里的宿舍却糟糕得无法想象。

黑柳 生活上很差？

伊藤 生活和住处都很差，住的竟然是泥土房。

黑柳 而且还下雪……

伊藤 幸运的是，千弘一个学生的伯父森冈先生当时任勃利的团长，他还是我们的担保人。我和世史子是作为随军人员去的，于是我们到陆军医院做事务工作，住进了医院的官舍。其实我们都没有什么经验。千弘也没有去开拓团做老师，而是待在了那位叔叔的团长官舍里。对了，到达新京[①]的时候，我和世史子正在路上走，被日本报纸拍了照片，报道说什么“女子学校毕业的闺秀嫁到开拓团做新娘”。我们大吃一惊。

黑柳 那个时代，不可能出现女子学校的毕业生去做开拓团新娘之类的事啊。

伊藤 就是嘛。

黑柳 陆军医院也在勃利？

伊藤 对。现在电视节目中偶尔会出现勃利，那里比牡丹江还要远。据说战后苏联的战车长驱直入那个地区。

黑柳 那战争结束的时候，您已经不在那里了吧？

---

①即长春。

伊藤 对，我们回国的时候，也受到了森冈先生莫大的关照。

黑柳 您在那边的生活怎样？

伊藤 森冈先生每周大概邀请我们两次。他那里有两个值班士兵，一个原本在神田开寿司店，一个在神户开西餐厅，他们做的饭太好吃了。我们天真不懂事，在日本国内又什么都吃不上，就不客气了。我们对森冈先生“叔叔”、“叔叔”地叫着。现在想来，其实他只有五十二岁，正当盛年。

黑柳 千弘教给开拓团的女人习字和做家事之类的了吗？

伊藤 没有，基本没有做那些事，她在画画。事后想来，我觉得千弘并不喜欢那时的生活，还听她说过厌烦之类的话。

黑柳 世史子的西式缝纫呢？

伊藤 世史子也在陆军医院做事。后来森冈先生要去菲律宾（当然，那时还不叫菲律宾），他说“在我走之前，一定得把女孩们送回日本”。我哭着说“我不回去”，因为回去以后会被父亲骂，我知道父亲非常恼怒。

黑柳 可是，如果当时没被森冈先生送回来，后来恐怕会像遗留孤儿一样吧。

伊藤 是的。森冈叔叔真是我们的恩人。他每天晚上都说“快回去吧”。叔叔每天都让士兵摘很多花，那些花很像鸢尾花，满满地堆在汽车里。他回来时，我们到门口迎接，就可以抱一大堆花。叔叔的妻儿都留在日本，住处多了年轻女孩子，他大概也很高兴。可能是世史子吧，还写下了“女子身当危难时，埋骨战野亦欣然”的句子。我们真是什么都不懂。

黑柳 您在“满洲”待了多长时间？

伊藤 五个月，像做梦一样的五个月。我们回来半年后，东京大空袭就开始了。

第七章　对战争的无知

不知时局的闺秀生活

仰赖森冈大佐的照顾，千弘得以回国，但是苦难依然持续着。说是“苦难”，但千弘是否像庶民百姓那样感知到了它，我深表怀疑。我相信一句话，“没有信息会导致无知”，千弘三姐妹便过着几乎“无知”的生活。

这并非诋毁，只是在叙述事实。如果认为说三姐妹无知便是一种诋毁，那是完全不顾历史事实的。

千弘回国途中横渡朝鲜海峡时，丢失了双肩背包，其中有大量可称为中国之旅成果的素描画稿。对我这样的评论家来说，那是不可再得的重要资料，实在可惜。这也是因为可以推测出，中国之旅可能是让千弘痛切地感知世间真相的契机。

昭和十九年夏天，战局逐渐变化，美国的潜水艇马上要在日本近海出没了。

像森冈大佐一样，很多人对战局有清楚的判断，他们感到在中国极为危险，应当撤回国内，便趁早将家人和部分财产送回日本。人们拥挤在釜山码头，场面一片混乱，千弘便是此时孤身一人抵达了釜山。来的路上有熊井女士率领，和开拓团的新娘们集体行动，并不孤独。结婚后的旅行则是和丈夫一起，只要跟随丈夫就好。这次却大不相同。紧张和身体的劳累叠加在一起，令千弘十分疲惫，精神也不似往常。用妹妹世史子的话来说，大概在千弘“发呆”的时候，重要的背包被人偷走了。

千弘自有坚强的地方，但那是在另外的情形下发挥出来的，而在需要体力的野蛮场合，她那与生俱来的纤细神经并不能坚持多久。

千弘回到了父母身边，父母也许通过森冈大佐的书信，知道了中国国内（特别是中苏边境）并不像人们说的那么安定。父亲虽是隶属陆军参谋总部的工程师，但对军事形势微妙之处的认识与一般平民也相差无几。我想了解千弘父亲的经济地位，于是查找了当时的职员录，但几乎一片空白，无法查明详情。这是因为军方没有向人事机构报告，理由是如果公开了人员结构，就无法保守军事机密。当时便是这样，将一切都作为秘密事项，阻挠信息公开，这种情势下就导致了前文所说的“无知”。

连千弘的父母也是无知的。当时的普通民众都被迫这样“无知”。现在的年轻人会问“为什么不向军方抗议”，当然那时也有少数清醒的人，但只限于“消息灵通”的人士。

千弘对时局也有了一些认识，明白身处非常事态。她感染了国民“一亿火球”式的热情，通过邻近的供职于日本邮船的汤川先生介绍，进入日本邮船工作。当时，如果没有一份适当的工作，就会被动员去劳动，千弘恐怕会被分配到不适合她的粗野的工厂中。于是像以往一样，母亲女子青年团主管的头衔起了作用，发挥了政治影响力。

如此写来，读者也许会产生一种错觉，即千弘的父母仿佛是军方的代表。但实际上，他们只是消息不灵通的民众。或许比起普通民众来，他们与军方有些联系，因此能得到少许恩惠，比如特别配给之类，但是千弘的父亲已不是现役，只是根据委托为增设军需工厂效力，手中并没有什么权力。而且他是入赘的女婿，从各方面来说岩崎家的“家长”都是母亲文江。

很久以前，长野县就是日本屈指可数的“教育县”，很多教育界人士出身于此。对没有实业的长野县民众来说，要想出人头地，进入教育界可算是最便捷的道路了。

然而庶民百姓大多生活贫困，出不起学费，表面上说机会均等、学问之门敞开着，但那只是法律条文，其实贫困无法给人机会，往往是没有钱财，机会便不会到来。不过有一条捷径，就是受贵人资助，即由旧藩主、富豪或政府来出学费，条件则是“成绩特别优异”。

在这些受资助的学生中，也出现过后来领导世间的俊杰，但大多数学生都有顺从资助者意志的倾向。当然，如果不是这样的学生，资助人也就不会出钱了。有个不招人喜欢的词叫作“割青苗”，这个词不仅限于选拔高中棒球运动员，它指早早发现一个学生的才能，确定对自己有所助益，于是资助他学费。千弘的母亲文江就是这样一位受资助的学生。

长野县是有名的贫困县，而且文江生于经营作物种苗的家庭中，要想向上攀升（浅显地说就是出人头地），只有取得资助一条途径。

正巧在那个时候，趁着社会上给女性求学机会的新风气，“御茶水”和“奈良”两所女高师建校了。“高师”就是高等师范学校，即为女性教育培养教育者的机构。文江成为奈良女高师的第一届学生，这是女性自立的榜样式事件。作为近代女性，她具备堪称开拓者的进步性。

但是，文江却陷入了为军部奔走效力的境地，这只能说是悲剧。仔细看文江的年表，就会发现这是被资助学生的悲哀，是接受了所谓“有条件资助”之人的命运。

文江于大正初年成为教育者，就职于福井县武生的女子学校，临近大正末年调到东京府立第六高等女子学校。这所学校当时的校长是丸山丈作先生，他信奉新式的“道尔顿实验教学法”。当时崇尚个性发展的风潮正盛，出现了难以想象的自由风气，我也是受到那种学风感染的人。在当时的教育界，第一次世界大战后自由解放的风潮进入了日本，诞生于美国的“道尔顿实验教学法”被视为新风，一时间对日本教育界产生了不少影响。

文江供职的府立第六女高，制服是英国学院式的背带裙，学校还拥有宽阔的室内游泳池。为了学习西方礼仪，每年全校学生都要去帝国饭店吃一次正餐。由于这种经历，千弘品尝过正宗西餐的味道，后来画风中因此也表现出了这种西式风格，很是有趣。

政府受到的军部压力表现在了文部省的命令上，丸山丈作校长的自由主义教育方针也受到影响。教育者们被强制依照国策来行动。由于生活的压力，他们渐渐遵从了文部省的命令。

在这一点上，现在的教育界也有某种相似之处。

母亲文江依靠接受资助或者说奖学金制度，通过勤勉苦学完成了社会阶层的攀升。父亲正胜也同她一样，通过志愿从军，从农民的阶层跃升上去。

虽然亲属都认为千弘更多遗传了父亲的才华，但我认为，岩崎家由母亲造就的明朗自由的家庭气氛给了千弘莫大的影响。

由于进行资助的政府追随军部，文江作为受资助学生，忠实地服从了资助人的意志。结果，她协助了军部，以现在的眼光来看几乎可以称为“战犯”，就这样一直到战争结束。

岩崎家位于中野的房子在空袭中烧毁之前，千弘一直过着忘记时局——不，是不知时局的悠然生活。

人们纷纷议论应当从东京疏散，岩崎家把文江的老母亲送回了老家(松本市新桥)。当时还把千弘出嫁时穿的礼服送走了，但千弘的素描簿和油画等并没有送走，钢琴和管风琴也都烧毁了。这里有一个小插曲，能看出千弘有多么悠然。银座的百货商店出售被拍卖的外国人财产，千弘去买来两个椭圆形大盘子，那是英国货，绘有她喜爱的绚丽花纹。据说她想在圣诞节晚餐时用大盘子盛烤火鸡，便忍不住买了下来。千弘当时在日本邮船工作，能拿到薪水，有很多零用钱。她被家里人狠狠嘲笑了一番，只能很不情愿地把两个大盘子埋在地下。

就这样，由于无知过着的闺秀生活，却遭遇了空袭的重击。此后展现在千弘面前的，便是一条苦难之路。

东京大空袭刚开始，面对那壮观的烈火飨宴，千弘和妹妹还看得出神，说“真美真美”，似乎还未感觉到恐怖。

两个月后，战火终于烧到了自家附近，但她也没料到自家的房子会被烧毁，还像往常那样眺望着火景。渐渐地，燃烧弹落到了眼前，岩崎家终于行动起来。文江并没有做什么准备，父亲则拿着一个洗脸盆弃家而逃。那个洗脸盆到底意味着什么，非常令人不解，但证明了大家对危险是多么无知。岩崎家的人似乎没有像一般民众那样感受到战争的恐怖与矛盾，但正因如此，反作用力也就更大。

“通常是回不来的，女子开拓团的人都死了”

——与千弘的妹妹小川世史子对谈

黑柳 那么，您是什么时候从“满洲”回国的？

小川 昭和十九年秋天。昭和二十年三月开始东京大空袭，我们家的房子被烧毁，是在五月二十五日。

黑柳 撤回时的情形是怎样的？

小川 我们是从釜山回国的，那里混乱不堪，情况非常糟。军队给特别安排了船票，否则通常是回不来的。而且我们是作为随军人员过去的，哪能半年就回来呢？

黑柳 开拓团的女人们都怎样了？

小川 她们是女子开拓团，所以尤其……她们都死了，其中还有我的朋友……

黑柳 千弘早一步回来了，是吧？

小川 在釜山，千弘被偷走了一个背包，里面有素描簿，大概那会儿她在发呆吧。不过，把两个年轻的女儿送到“满洲”，我母亲也够可以的。

黑柳 是啊，您的父母肯这么做，真不容易。

小川 其实是因为无知。他们大概害怕女儿被派到军需工厂劳动，或者被拉进志愿队，以为去了“满洲”就没事了。而在我们看来，可以去那儿，太让人高兴了。

黑柳 关于“满洲”的事情上次已经说过了，您回国后的生活是怎样的？

小川 千弘回来以后就到日本邮船工作了，是通过在邮船担任要职的汤川先生介绍，当时他住在锅屋街。千弘在邮船被委任做男性的工作，说是因为她够聪明。她在那里工作了半年左右，当时二十七岁（实际满二十五周岁）。工作是绘制船的图纸，她好像非常喜欢，得意地说“只派我一个人做这件事”。据说是因为太难了，别人都做不了。

黑柳 毕竟千弘擅长绘画嘛。

小川 那一阵子，她每天在家里用纸牌占卜，算我们家会不会被烧毁。

黑柳 千弘做这个？

小川 对，她喜欢用纸牌占卜，每天都做。她还求来了“免焚”的小纸片，摆在佛龛上。可是我们家被烧了。千弘生病后，直到临终前，还每天一个人玩纸牌。

黑柳“烧、不烧”，最后纸牌占卜的结果是什么？

小川 那倒不记得了。(笑)

黑柳 空袭是怎么个情形?当时住在中野那边吧?

小川 是,在从锅屋街进去的宝仙寺附近。燃烧弹是晚上投下来的,大家四散逃命,父母和妹妹不知道逃到哪儿了,我和千弘往房子上泼水,一直坚持到最后。但后来我们终于拿着水桶逃走了,因为实在太热。

黑柳 和父母、妹妹分散了,一定很担心吧。

小川 那时拼命逃生,顾不得想这些。我和千弘向下面的河流处逃去。到了公园,大家聚集在一起用白铁皮挡住自己,火焰就从我们头上烧过去。滚烫滚烫,恐怖极了。死了很多人。第二天,我们才知道一家人都还平安。房子烧得一干二净,我们养的猫也死了。它跳进了澡盆,一定是烫得受不了,妹妹说它被烧得"像秋刀鱼的骨头一样",真悲惨。

黑柳 所以,千弘后来写过这样的文字:"每当听到越南战祸的消息,我就蓦地想起二十几年前那个夜里,中野千代田街的家被 B-29 轰炸机烧毁的情形。身边是一片燃烧的火海,我和家人四下分散,逃向有河流的空地,用水桶往身上浇水。空袭停止后,天亮了,我们回到原来的家,那里已经烧成一片焦土。看到彼此都还平安活着,邻居们泪流满面。"

小川 从我们家一直到新宿,都烧成了平地,母亲竟然还说"啊,景色不错"。火正好从锅屋街烧到新宿。我们在吉祥寺那边有家远房亲戚，没办法只好投奔人家。我们背着行李走过去，像流浪汉一样。一家人身无长物，从新宿沿着铁路线一直走到吉祥寺。

黑柳 事先有没有做什么准备，预备空袭时逃命之用？

小川 完全没想到那种时候该带什么逃走。三月十日大空袭的时候，我们从阳台上眺望，说“啊，那边着火了”，一开始还说什么“真美”。不久，火越烧越近，我们又说“啊，太可怕了”。

黑柳 能活下来太好了。

小川 父亲只拿了一个洗脸盆逃出来，后来大家说“一个男子汉，太没出息了”。其实我们也只拿着水桶逃走了，还勇气可嘉地认为带上可以泼水灭火的东西就行了。第二天，遇到其他房子被烧毁的人，大家笑嘻嘻地互相打招呼，说“这下成为日本人了”。房子被烧毁后，政府会发给战灾证明，能领到干面包。大家还都很高兴，简直像傻瓜一样。可如果自己家的房子没有烧毁，就仿佛是卖国贼一样，会感到无地自容。

黑柳 真是不可思议的心理啊。

小川 还说“幸亏被烧了”。即便是疏散，也只有老弱的人才会走，健康的人觉得那是一种羞耻。

黑柳 那之后，您一家人就真正疏散到松本了？

小川 是的。幸亏母亲的老家松本还有房子。其实我们对中野的房子也拥有产权，但放弃了。战争结束后，我们觉得那里的回忆太不愉快。

黑柳 您父亲这么认为？

小川 大家都这么想，母亲也一样。如果放置十年不管，房子就会被没收。前一阵子我终于去看了一下，那一带完全变样了。以前我们是宝仙寺附近土地的所有者，大家都说很可惜。但我们不想勾起回忆，最终没有再回去。我们没有什么欲望，姐妹三个都是。一般来说，人们还是会回去处理一下善后事宜吧，我们却做梦也没想过。我们在乡下时，附近的人都说："岩崎家怎么回事？有三十岁、二十八岁、二十五岁的三个女儿，真可怜。文江也不替她们操操心。"大家都在议论我们家不把女儿嫁出去，到底想怎么样。可尽管有那么多烦恼，母亲也绝不表露在脸上。

第八章　解放时代的到来

第一个决定：与日本共产党的邂逅

东京大空袭中，岩崎家位于中野宝仙寺附近的房子被烧毁，一家人无处可去，无奈下只能举家回到母亲文江的老家——长野县松本市郊外的新桥，才算安顿下来。文江的母亲此前已经疏散回老家。

千弘在那期间的一本日记保存下来了，那只是个制作粗糙的小本子，里面夹杂着简单的素描。本子上还写着几行“南无妙法莲华经”的字样。有人说当时千弘在写经，这是出于眼下写经热潮的想法，其实千弘写“南无妙法莲华经”是因为宫泽贤治的影响。

宫泽贤治虔诚地皈依法华宗，这一点很有名。还在战争期间，千弘似乎就被贤治吸引，战争结束后，她在日记本上多次写过贤治的文字。可能是在那个纸张匮乏、没有多少出版物的时代，贤治的书偶然出现在千弘身边的缘故吧。由此也可以看出，千弘正在寻求思想上的寄托。

战争失败后，千弘的父母被视为战争协助者。母亲在战争结束的前一年就辞去了女子青年团主管一职，父亲也失去了随军人员的工作，父母的年金都不再发放。岩崎夫妇本来预想年老后可以领到充足的养老金，过安稳的生活，才顺从国家的命令成为“良好国民”，作为陆军军人和文教人员过着堪称“模范式”的生活。但一切都事与愿违，从前“为了国家”的努力，如今都被看作极其愚蠢的行为。

千弘的父母失去了精神支柱，但相比之下，失去了经济来源才是最悲惨的。

战争期间，岩崎家三姐妹通过关系，总算避开了志愿队的劳动，各自有了一份职业。那些工作单位若是能免于因战败缩小规模还好，但几乎都在战败的同时开始精减人员，除了次女世史子，另外两个女儿都失业了。千弘供职的日本邮船，因为船只受到了巨大损坏，经营难以为继。就这样，千弘和父母一样，成了无业之身。当时年近三十的女性，人生除了结婚恐怕别无未来。父母都是非常传统的普通人，并没有考虑到千弘拥有世所罕见的资质。他们认为贤妻良母是模范女性之路，可说到千弘，只能为她寻找成为继室的机会了。但在松本的农村地区能找到的亲事，生长于大都市的千弘根本不可能满意。何况此时千弘的父母已经失去了从前被邻居视为出人头地者的荣耀。

千弘曾经受到不少以大正自由主义为基础的第六女高学风

1951年8月1日，《信州的父母》

的熏染，但此时，她身边围绕着令人难以忍耐的气氛。

不久，点燃女性自立意识的时代到来了。看看报纸就能明白，当时美国由罗斯福总统执政，新政派占大多数，所以战败后的日本也有很多持左翼思想的人。尽管后来出现了反作用，但日本左翼在战败后确实有了重大发展。此前被称作“赤色”、曾处于危险境地的共产党，也被承认为合法政党，一直关押于监狱中、坚持不肯改变信仰的党员陆续获释，在万众瞩目下回归社会。媒体仿佛忘记了自己昨天还是军部的印刷机构，只懂得按照军部吩咐，将交付的文件传达出去，现在却对驻日盟军司令部的松笠元帅①唯命是从。毕竟日本是无条件投降，没法表达什么不满。

日本长期以来的落后传统——佃耕制度消失了，地主将土地转让给了佃农。而且倡导言论自由（但还存在美军严苛的检阅制度），开始讨论男女权利平等问题。

此前一直处于地下状态的共产党，此时光明正大地开始宣传，大声疾呼要将人民从旧时的苛政中解放出来。松本市所在的长野县，本来就因为不断有教职员加入共产党而闻名。

千弘的父亲曾加入海军与陆军，他打心底否定“赤色”。但很偶然，有位菊池邦作先生因为妻子的娘家在松本，也疏散到

①即驻日盟军最高司令官麦克阿瑟，因为麦克阿瑟（MacArthur）的发音很像日语的松笠（matsukasa），故如此调侃。

了那里。菊池先生是一位思想家，曾经因为触犯《治安维持法》数次被捕，出版过一本罕见的书《逃避征兵研究》。

在日本战败时，菊池先生就和夫人一起加入了共产党。但出人意料的是，千弘竟然也跟随其后，和另外两位年轻人一起入党了。

那是千弘人生中的第一个决定。搜遍千弘的周围，也找不出是谁引导她这么做的。根据菊池夫人的回忆，当时从中央来了一位演说家进行共产党的宣传，在铺着榻榻米的公会堂举行演讲，那是一个宽阔的大厅，馆内立有数根柱子，下面由几块大大的地板支撑着。千弘就躲在柱子后面听演说，那副样子令人怜爱。当时她二十六岁，但看上去天真单纯，不像有那么大。

我与菊池夫人谈话的时候，她的女儿平山知子（后来成为松本善明事务所的律师，十分活跃）也在座，说到对千弘的印象，两位都说："非常漂亮。每次见到她，她的衣着都洋溢着当时无法想象的风范。"据说千弘喜欢宽檐帽配上披肩的装扮。

当时生活上应当没有什么多余东西，千弘却能被称赞为次次都有风范，她是怎样表现出新颖感的呢？借用时下流行的词语，她可能是善于搭配吧。

按照菊池夫人的说法，千弘的基本装束是宽檐帽搭配披肩。尤其是宽檐帽，那只能用来搭配女式小礼服，考虑到当时日本的情形，她是怎样在松本市弄来那种帽子的呢？应该不是事先送到松本来的。这时，我蓦地想起千弘的妹妹们曾经说过："把农民们收割庄稼时戴的那种麦秆帽，用油画颜料涂成黑色，就可以制作成漂亮的帽子。"于是我问菊池夫人：

"那帽子是黑色的吗？"

答案果然是"对，黑色"。原来这时候千弘就开始发挥绘画才能了。所说的搭配，其实与形态及色彩有关，是绘画才能的一种。画家利用自己的感觉，在空间中将物品富有创意地组合在一起。

在那次演讲会上，千弘了解了有关共产党的知识，心中一定极为震撼，用"醍醐灌顶"来形容正适合。

据说，菊池先生向人们讲述了自己过去因为《治安维持法》这一恶法数次入狱的经历，其后，他还开始在家里讲解《共产党宣言》。

千弘每周都去参加菊池的沙龙，深化关于共产党的知识，但是她生来消极内敛的性格并没有改变。当时有很多年轻人因为这种一百八十度的转弯感到焦躁，加上信州人又是公认的最会缠歪理。从特攻队生还的愣头小伙子与菊池先生激烈争论，但是战败和原子弹爆炸这些冷酷的现实有力地驳斥了歪理。人们无法反驳事实。虽然令人懊恼，但在科学证据面前，感伤之类的心情是软弱无力的。

虽然身处那样的状况，但千弘一言不发，只是沉默地倾听人们的演说。

终于有一天，千弘办理了入党手续，这让菊池先生等党内相关人士十分吃惊。不仅如此，很多人对千弘的决定还抱有疑问，犹豫“让那个女孩加入没关系吗”。

参加菊池沙龙的人很多，但最后只有三个年轻人办了入党手续，千弘就是其中之一。

父亲一直称共产党为“赤色”,用旧式的表达方式,可谓“视如蛇蝎”般憎恶共产党，千弘当然无意告诉他入党的事。

她自然也没有对母亲说，双亲做梦也想不到会有入党这等事。要维持生计已经令人筋疲力尽，父亲如今在三女儿准子的住处发现了可耕地，在那边盖了简易小房，不顾已上了年纪，开始了自耕农的生活。他们有亲戚是农民，粮食还算勉强能糊口。

像我这样没有农民亲友的人，回想一下那些难以糊口的日子，就希望再也不要发生战争。那时我极度营养不良，越来越瘦，简直到了皮包骨头的地步。在这一点上，千弘还算幸运。

入党后，千弘出现在松本的共产党事务所，利用自己擅长的绘画技艺，开始制作招贴画。她右手执毛笔，以流丽的字体写字，左手则用颜料描绘出花朵之类。说到共产党的招贴画，我曾经亲眼见过战前无产阶级艺术的模样，感觉它受到德国和俄国表现派手法的影响，形式比较固定，与千弘的艺术似乎并没有关联。

当时的无产阶级艺术其实也是一种风潮，人们有种偏见，认为无产阶级艺术就应当如何如何。千弘却毫不理会那种风潮，她在招贴画上配以自己独特的美丽花朵。我觉得颇有意思。

千弘有生以来第一次与政治发生了联系，但她究竟有多深的入党觉悟，这件事又怎样制约了她的生活，却似乎想象不出。接下来，千弘又做出了重大决定。

“她说，这是我以前不知道的世界”

——与菊池弘子及女儿平山知子对谈

黑柳 您和千弘从疏散的时候就认识了？

菊池 我遇到千弘，是在战争结束那年的十月或十一月。我是在松本的公会堂见到她的。那是一个铺着榻榻米的会场，千弘到那里去了。听众大约有二三十人。快结束的时候，菊池（菊池弘子夫人的丈夫菊池邦作先生）说“如果有什么问题，请留下来讨论”。于是千弘和一两个人留了下来。我印象很深，因为只有一位女子留下来，而且她漂亮出众。

平山 我也模模糊糊地记得当时千弘的样子。

黑柳 咦？平山女士当时多大了？

平山 我刚刚六岁。我是昭和二十一年上的小学。在孩子眼里，这明明是铺着榻榻米的房间，却立着柱子，有点奇特。千弘仿佛躲在柱子后面，她穿着披肩式的黑衣服，有没有戴帽子记不清了，但好像感觉有黑色的东西罩着她，也许戴帽子了。

黑柳 是宽檐帽！但当时不会有那么时髦的东西。据说千弘把农民戴的麦秸帽涂成了黑色，用的是油画颜料。

平山 也许是这样。她还系了漂亮的蝴蝶结。小孩子看来觉得她真漂亮。我只有六岁，但印象非常深刻，觉得她就像法国娃娃那样可爱。

黑柳 演讲会是怎样的情形呢？

菊池 菊池（邦作）在演讲会上说了以前他因为违反《治安维持法》被拘捕时，遭到严酷拷问的经过。千弘很受感动，便在演讲会结束后留下来，想多了解一下共产党。

黑柳 当时您多大年纪？

菊池 我三十岁，比千弘大四岁。记得当时千弘说“我二十六岁了”。我是大正三年出生，现在七十四岁了。

黑柳 说起来，千弘已经去世十五年了。千弘是五十五岁去世的。如果她还活着的话，现在七十岁了。

菊池 我的性格偏年轻，所以和千弘合得来，我也很爱漂亮。我说“想多了解共产党，请到我家来吧”。

黑柳 于是，千弘就去您家了。

菊池 那时很多年轻人到我家来。战争刚刚结束，有些人是从特攻队回来的。

黑柳 处在思想的迷茫期。

菊池 千弘就夹杂在这些人之间。菊池开始讲《共产党宣言》，那也是用粗纸印刷的薄薄的一小本。千弘每次都来，但从来不发言，只是安静地听。她总是穿着漂亮的衣服，每次都不同，总有点变化，特别吸引我。

黑柳 可能是千弘自己精心设计、亲手缝制的吧。

菊池 我也这么想。在我家里，特攻队回来的人和当地青年激烈地辩论，聚在一起吵闹，千弘即便看到这些，也一直默不作声。我想，她是怎样的人呢，不发表自己的意见，只是默默地听着，露出微笑。当时我做妇女部的工作，千弘说“不加些营养可不行”，经常给我做野菜便当。打开盖子一看，特别漂亮，里面有蒲公英、笔头草什么的。

黑柳 这是千弘此前不知道的世界吧。

菊池 是的，她也经常这么说。她说“这是我以前不知道的世界”，还说“为党工作的诸位太辛苦了”。她没有在大家面前说这些话，只有我们两人在一起的时候会忽然这么说，我印象很深。关于自己的人生问题，千弘似乎真的从这里获得了什么。所以在那么多人中，只有千弘、樱井和另外一个人成为党员。总共三人。

黑柳 另外两人是女性还是男性？

菊池 都是男人。

黑柳 噢。

菊池 现在想来，千弘真了不起，自己做出了这个决定。

我没有劝过她，菊池也没有。完全没有。但她入党这件事，我直到现在还觉得奇怪。坦率地说，周围还有人感到不安，担心“她行吗”。可是当年劲头十足的人后来也有退出的，千弘却认真地坚持下来。

黑柳 千弘说起过入党理由吗？

菊池 没有说过。我现在还觉得奇怪，她是出于什么动机来参加第一次演讲会的呢？是看到了海报，还是听人说的？

黑柳 千弘有没有说起她的母亲或家人？

菊池 她只是偶尔说一句“我来这里，他们不会理解”，但从来没有不满地抱怨过。

黑柳 当时，谈到过在“满洲”的经历吗？

菊池 她只说过“我有过一次不幸的婚姻”，更多的我就没听过了。

黑柳 当时千弘画画吗？

菊池 她经常在脏乎乎的事务所里为我们画海报。当时没有纸张，都是在广告背面或者报纸上画，她用左手唰唰地画。那是水彩画，漂亮极了。

黑柳 画的主题是……

菊池 花朵与文字。文字也非常好。

黑柳 据千弘的妹妹们说，那段时间，千弘已经不跟父母说话了。

菊池 这个我也听说过，千弘说“这一阵子，我和父母不说话”。这种情形逐渐积累，终于有一天，她一下子消失了。

黑柳 是啊。我问过好多人，大家都说她一下子消失了，像发生了神秘事件似的。

菊池 我给一位当时活跃的人物打过电话，他也说不理解那时的千弘，觉得她是某一天忽然不见了。千弘什么都没说，事情的始末我完全不清楚。总之她离家出走了。她没有告诉任何人，就那样在某一天忽然消失了。

第九章　离开父母自立

父女争执与离家出走

所谓的重大决定，就是“离家出走”。按照今天的说法，也许该说是“自立”，但千弘的自立就是离开父母身边。她特别渴望早一点摆脱父亲的影响。

被逐出权力世界的父亲是软弱无力的，但还想行使一家之主的权力。那种带有浓厚地方色彩的社会言语，千弘连听一下都觉得厌恶，她越发沉默寡言，最后完全不跟父亲交谈了。

对失去社会荣耀的父亲来说，只剩下家庭这个场所可以行使权力了，可他在家中也被无视，每天都处于无处容身的愤懑中。父女之间的裂痕越来越大。

另一方面，千弘加入了共产党，获得了精神上的安定。虽然她没有付诸言语，但表现出了前所未有的毅然之态。这一定也深深伤害了父亲的自尊心。

两个人沉默的战争不能长期持续下去。千弘想，要给这场战争画上终止符，除了离家出走别无他途。母亲也同样希望这场阴郁的战争早点结束，赞成千弘离家的决定。

说是离家出走，但除了东京也无处可去。战败后的东京成了所谓的“瓦砾山”，一片混乱，没有任何生产能力。但不管怎么说，那毕竟是一国的首都，是信息的中心地带，新运动都只能从那里开始。最重要的是占领军司令部位于东京，所有的命令都是从东京发出的。而且东京是千弘生活多年的故乡，她的朋友和知己都在那儿。

千弘也许是个幸运的女子，这去东京的决定在多大程度上左右了她的命运，是无法估量的。千弘终究是属于东京的，她在学生时代接受了有浓厚大正自由主义色彩的第六女高丸山丈作校长的进步教育，在大都市的气氛中成长起来。洋溢着田园泥土气息的绘画并不适合这样的女性。

但从唯心论观点来说，千弘加入了共产党，就应当从农民的立场看世界，创作出相称的艺术。

那位以剪贴画风靡世间的泷平二郎先生就以田园为背景，用独到的眼光截取茨城县农民的生活情景，精彩地再现了昔日的日本。人们从他的画中发现了自己小时候的身影，感到欣喜莫名。

话虽如此，想从千弘身上寻求泷平先生的画境就大错特错了。个性的种子要生长，必须有适合它的土壤。

总之，当时千弘的处境之困窘，已经到除了去东京就没办法打破现状的地步了。

千弘悄悄地向母亲文江表明了自己的决定。母亲觉得既然父女间的对立已如此严重，也没有别的办法。文江已经失去从前的影响力，只能为千弘做一件事，就是拜托亲妹妹阿泰。阿泰嫁在东京，丈夫中村钏在神田神保町经营烫金店。

战争结束的第二年，东京的混乱状态还在持续，烧焦的土地上到处可见用白铁皮当屋顶、简直称不上房子的壕洞般的住处，一片惨淡景象。

那时能住在劫后幸存的房子中，境况便与大多数人有了云泥之别，这才是真正的“命运歧路”。东京虽然遭受了空袭的地毯式轰炸，但地毯也有破洞，到处都留存着一些幸免于战火的房子。

烫金店也幸存下来了。这里要说一下人们不太熟悉的“烫金店”，烫金这种手法从前用于泥金画中，在装订书籍时，用铜版将金、银以及各种各样的色箔印制到书脊或封面上，来表现文字和图画。

在战后粮食极其匮乏的时代，姨母夫妇带着四个孩子一起生活。即便如此，姨母还是同意千弘住到自己家里。

现在，借用千弘妹妹们的说法，她是怀着宁愿做“住家女佣”的决心前往东京的。但依我看来，那是千弘太不了解时局。当时的日本社会已非昔日可比，所谓的“住家女佣”是往昔的产物，在更换新日元、废止华族制度的大变革后，能雇用女佣的府邸早已不复存在。

千弘似乎还保留着对战前母亲拥有权力时的旧式社会结构的印象，并据此生活。直到她去东京求职，才第一次认清现状。最终，她明白了单单作为画家是生活不下去的。那是个一切只看重学历的时代，画家如果不是毕业于美术学校（现在的艺术大学），就不会被认可。按这个说法，千弘并非毕业于专业的美术学校，只是个喜爱画画的女孩子罢了。

据在松本教给千弘共产主义基本内容的菊池夫人说，千弘丝毫不曾对松本市的党内人士提到过自己要去东京。这令我颇费思量。

不知不觉中，千弘不再频繁出入菊池家。当大家意识到的时候，她已经从松本市党员们的记忆中消失了。

千弘去了东京，从此前颇有政治影响力的母亲身边脱离出来，开始独立生存。可不管从理论上讲是如何“自立”，严峻的现实问题则是怎样才能“吃上饭”。父母没将千弘的绘画才华当一回事，原因前面提过，是“作诗不如种田”这种想法长久以来在平民心中根深蒂固。千弘孤身一人来到战败后一片混乱的东京，无论如何也要找到一条生活——不，是“吃饭”的途径。

东京的亲戚还拥有一幢劫后残存的房子，千弘的第一步应该说是幸运的。现在看来，千弘接下来的人生也可谓幸运连连，换个角度来说，或许一切都是千弘努力的结果。

千弘寄身的“烫金店”主人中村钏提出了一个条件，他不负责千弘的饭食。现在的人也许不理解这一点。

当时因为粮食，发生了无数悲剧。有名的大阪片冈仁左卫门被杀事件，就是由于徒弟因饭食问题产生怨恨引发的。还有法官只依靠配给、不在黑市买卖粮食而饿死的事件，报纸也曾大加渲染。

千弘领到配给券，拿着它在外餐券[①]食堂吃饭。这种外餐券食堂很符合战败国的身份，没有什么可吃的。仅从这点，就可以看出千弘在东京的日子过得很艰难。

千弘住在烫金店三楼（其实是二楼的天花板与房顶之间的小阁楼）一个类似杂物间的屋子里，和表妹一起住。

不久，一位救世主般的人物出现了，不得不说千弘实在是非常幸运。

借用妹妹世史子的话，这位叫“冈村民”的单身女子绰号“男民”，是果实幼儿园的园长，乍一看像个男人。若说她对千弘着迷，措辞可能不够文雅，总之她非常喜欢千弘，并极为认可千弘的绘画才华。

①二战中至战后，日本政府在大米定量供应制度下发给在外用餐人员的饭票。

《在阁楼画室中读书的自画像》

1947 年前后于东京神田中村家三楼

据当时在冈村民的幼儿园做过三年保育员的铃木八重子女士说，这个人对千弘的迷恋非同寻常，每个星期天都把多得抱不动的食物送到千弘的住处。因此每到星期六，冈村民就兴冲冲地到处买食物，期待着第二天的拜访。

冈村民擅长弹奏管风琴，对艺术有深入的理解，应该与千弘谈得来。

不清楚两人是如何相识的。当时，池袋附近的长崎町有一个叫“帕台农神庙”的艺术村，村子的一角住着丸木位里夫妇。那里聚集着加入了共产党的艺术家，也许冈村民在那里参加民主诗人会议时结识了千弘。总之和共产党也有关系。

冈村园长顺理成章地请千弘为诗人们的同人杂志画插图。她还管理着有一百多名孩子的大幼儿园。比起全无收入的千弘来，她是个有钱人。有这样一位有钱人资助，千弘的日子好过多了。

“像你这么有才华的人，一定会脱颖而出。”她还用这样的盛赞来激励千弘。千弘受到鼓舞，遇到事情会和她商量，也接受她在金钱上的帮助。

不管怎样，此前还没有人如此称赞千弘的绘画才能。冈村民能如此迅速地认识到千弘的才华，也是位了不起的人物。

据千弘的妹妹世史子说，听到千弘要和松本善明先生结婚的消息，冈村民大哭起来，完全不顾别人的眼光，怒气冲冲地说：

“千弘被那个马克思主义小毛头骗了！”由此看来，那是个性格激烈的人。她要比千弘年长二十岁左右。

现在的人也许会说这是同性恋，但铃木女士证实说，冈村民对千弘抱有的一直都是柏拉图式的情感。

有这么强有力的支持者出现，从物质和精神两方面支援千弘，千弘在东京的生活绝非不愉快。甚至可以说，她心里此时必定燃烧着对新时代的希望，充满了从未体会过的激情。

“只要有小孩子玩耍的地方，千弘姐姐一定在那里画画”

——与千弘的表妹（即千弘在神田寄宿的中村家的女儿）澄子对谈

黑柳 千弘从松本来到东京是什么时候？

中村 昭和二十一年，也就是战争结束后的第二年。她穿着羊毛外套，所以应当是春天。当时阿千二十七岁，我十九岁。

黑柳 当时的生活情形是怎样的？

中村 从我们家幸存下来的房子里，可以一直看到水道桥车站的站台，钢筋歪歪扭扭的。阿千和我一起住在三层的阁楼上，那是个八叠大的房间，铺着地板和草席。我父亲不让阿千在我们家吃饭，所以她在外餐券食堂吃。母亲觉得很可怜，有时候笑眯眯地上来，边说着“三楼的小老鼠……”，边拿给她热乎乎的蒸红薯。

黑柳 神田是学生街，外餐券食堂应该很多吧。

中村 是的，阿千经常去专科大学前面公车站角上的食堂，那里现在是富士银行。洗澡时就去附近的锦汤或九段下那边的澡堂。

黑柳 您问过千弘那时的心情吗？

中村 她经常坐在从厨房到二楼的楼梯上，说“以前是父亲母亲，接下来该看我的了”，或者“我必须靠画画安身立命”。她还给长野的父母寄生活费，但好像没想过结婚的事。

黑柳 她还是打扮得很漂亮吗？

中村 对。就连去外餐券食堂，她也穿上浅粉红的格子连衣裙，戴上米色宽檐帽，还用颜料在帽子上画上小花朵。

黑柳 在战争刚结束那阵子，这样的打扮很华丽啊。

中村 所以我母亲担心地说“阿千，打扮得太显眼了不好，外面不全是好人”。但她还是觉得劳动者穿得漂漂亮亮的才好。

黑柳（指着《岩崎千弘作品集 第一卷：素描的世界》的封面）这里写着“一九四六年十月四日”，这是千弘寄宿在您家里的时候吧？

中村 这就是我啊。不过我的素描画很少，千弘画素描的时候，总是画朋子（小女儿）。我是大女儿，总被妈妈叫去干活，没法当模特。“哎，该烫金了”或者“把洗过的衣服拿去晾好”之类的。朋子还小，没什么用得上她的地方，而且她脸蛋圆圆的，很可爱。弟弟和延也是，只要一到三楼，马上就会被画下来。

黑柳 啊，就是这个吧。（翻开昴书房出版的《岩崎千弘的青春》第二十九页）

中村 与其说她是有意识地作画，不如说是不由自主地画。千弘好像喜欢画人们活动的样子，像小孩子玩耍、成年人在美容院干活之类的。她就算躺在医院的病床上，还在画护士。

黑柳 千弘总是带着素描簿吗？

中村 是的。只要有小孩子玩耍的地方，千弘姐姐一定在那里画画。这幅画就是小孩子在玩贝壳陀螺。

黑柳 这是在附近吗？

中村 这是我家的后栅栏门。这是北边。好怀念啊。立着旧木材的是共立女子短期大学的宿舍。这是在二楼到三楼的走廊上画的。孩子们跑到宿舍院里去玩，他们有时翻过围墙，有时在围墙上走来走去。

黑柳 这个在阁楼上画室里读书的自画像，画的就是当时的千弘……

中村 这是藏青色的宽腿裤，腰和脚踝那里都有松紧带。围裙是用和服的飞白花纹布料自己做的，千弘用剩下的布做了头上的发带，岩崎家的外婆还说“哎呀，千弘把破布条扎在头上”。但千弘姐姐觉得“只要靠工作养活一家人，不管穿什么都不会被说三道四，所以没关系”。她曾经系着那条发带、拿着锅去过电影院。

黑柳 拿着锅？

中村 附近有个东洋电影院，千弘拜托他们在休息时间里

《在小巷里玩耍的男孩们》，1947 年 5 月
从寄宿的中村家二楼眺望共立女子短期大学宿舍背后

播放弗雷德·阿斯泰尔的音乐，她是去听音乐的。有一次碰巧是在傍晚去买豆腐的路上，所以就成了那样。（笑）

黑柳 那是在什么地方？

中村 神保町的樱花大道，现在成了出租仓库。东洋电影院属于某位原市议员所有，他和我父亲关系亲密，所以我们拿到入场券就去看电影。另外，赤松女士经常到我和阿千住的阁楼上来。

黑柳 赤松女士，是画家丸木俊子女士吗？

中村 是的。阿千也经常去赤松女士家，她是去学画画。

第十章　解开到达东京第一夜之谜

首先拜访的是哪里

写人物传记非常困难。尤其是主人公的亲属还在世的时候，他们会有各种诉求，执笔者必须事先有心理准备。换个角度来思考，执笔者应当欢迎这些诉求。以“准确”为目标对一个个诉求进行探究和订正，可以最大限度地发掘史料。

我的“基础方案”是千弘的爱子松本猛先生编纂的年表。遗憾的是，按照年纪来说，松本先生属于“战后一代”，即便他成年后的信息可以采信，但关于战败前后最困难时代的社会情势，他能提供的信息并不够清晰。这也在所难免。我比千弘还要年长十岁左右，所以对她当时所处的社会条件能比较客观冷静地进行分析。这是我的优势，我将尽量利用这一点。

昭和六十三年，千弘的丈夫松本善明先生出版了一本《回忆千弘》（新日本出版社）。从史料的角度来说，可以认为这才是较为准确的基础史料。既然这样的书已经出版，我的任务就是尽量探究千弘与松本善明先生相识前的生活，并正确地表述出来。

此外，我并非千弘的亲属，还可以利用身为局外人的优势，去除感情因素，探究“画家千弘”在日本美术史上处于何等位置。正当我思考这些时，松本善明先生提出了一个要求：根据千弘生前与丈夫的谈话，搞清她毅然离开父母来到东京后，最先去的是什么地方。

我从一般常理的角度来考虑，以为千弘是在姨母嫁去的神田“烫金店”中村家放下行装的。但是善明先生说：“千弘不是这么说的。她说自己拜访了党内一位上层人物的家，还住在那里。”这令我大吃一惊。

那时我也在东京，非常了解东京当时的状况。我的妻儿在静冈县伊东町，我却无法把他们接到东京。首先是没有房子，而且东京这个城市也在限制人口增加，并不能像现在这样轻松地把家人接来一起住。粮食状况也极为恶劣，为了得到萝卜切完后剩下的边角料，人们不得不排起长队。

安顿外人在家里住，哪怕只有一天，对主妇来说也是大事。

从当时的状况来看，善明先生的话反倒令人难以置信。但很多人都怀疑那位上层人物是不是赤松俊子（现在的丸木俊子），所以我直接拜访了埼玉县东松山市的丸木美术馆（那里有原子弹爆炸图的展览）。

“当时家里的粮食嘛——早晨我早早起来，在‘帕台农神

《车中的人们》，1946 年 12 月 14 日

战争结束第二年的作品。当时在车上和车站上，

有很多人因为营养失调无法站立，只能蹲着

庙’的路上走走，用小刀挖出路边生长的一年蓬。我把它们煮得烂烂的，在研钵里捣碎，和上美国面粉加水搅拌，然后在煎锅上涂上一丁点油开始煎。因为我发明了这个‘一年蓬煎饼’，即便家里再加一两个人，也总算能有东西吃。”

俊子女士的回答果然有她雍容大气的风范。当时俊子女士家的厨房里竟然有那么丰富的美国面粉，令我感到羡慕。同时，这也使人联想到在池袋附近的长崎艺术村，俊子女士当时居住的樱丘“帕台农神庙”那里，人们相互扶助的生活情景。

在儿童画画家箕田源二郎先生的回忆中也出现了“帕台农神庙”。这里引用一段，从中可以了解千弘与俊子女士的关系。

> 和岩崎千弘第一次见面是什么时候，我已经记不清了。
>
> 丸木位里和丸木俊子夫妇住在池袋“帕台农神庙”（沿着长崎的污水河建立起来的艺术村）的时候，我曾经有事突然去拜访过。
>
> 夫妇俩都出门了，留在家里的少女胆怯地露出面孔，小声告诉我他们不在。
>
> 后来，我知道那个少女是岩崎千弘（当时她还没有将名字改为假名写法）。她当时悄悄地露出半个身子、像是看什么可怕东西的模样，给我留下了深刻的印象。
>
> 听说她曾经遭遇过不幸的婚姻，我想这样的人一定讨

厌男人吧。

那是一九四七年、一九四八年左右。当时，战前就加入了美术文化协会的丸木他们（我也是其中一员），还有致力无产阶级美术运动的新居广治等人联手创办了一个叫“前卫美术会”的新团体，开始活动。口号是“为人民创造美术”。大家都十分活跃，有时聚集在丸木的画室里商谈各种问题。

大家都很年轻，精力充沛，总是热烈地讨论。千弘也加入了这个会，但我没有她在那些场合出现过的印象。除了千弘以外，还有赤松女士（现在的丸木俊子）的两位弟子在场，他们就多有发言。所以，我们这种有些粗鲁的气氛，千弘也许还是不习惯吧。（摘自《岩崎千弘的青春》，昴书房出版）

这篇文章十分敏锐地刻画出了千弘的性格，以及她刚到东京时的心理状态。和千弘的第一次见面只给箕田先生留下了模糊的印象，但千弘到东京后与赤松俊子有深入的师从关系，这是显而易见的。

不过，我询问俊子女士的时候，她一开始说：“她是到我这儿来了。”忽然又说：“对了，最初把千弘介绍给我的是江森盛弥先生。江森先生是《人民新闻》的总编辑，他说，‘让岩崎千弘来画小说插图怎么样’，还说‘这姑娘好像刚开始画画，不过我觉得不错’。他还给我看了千弘的画，我说，‘啊，不错，不错！’那时候我还不认识千弘。所以，介绍人是江森盛弥先生。有位电视明星江守彻非常像故去的江森先生，他们是不是有某种关系？可以问问那个人。”

提到电视明星江守彻，我给文学座剧团写剧本的时候就很喜欢他，他是以我的作品《无害的毒药》出道的，因此我很清楚他的本名。

“那是他的艺名，是把莫里哀的读音颠倒过来取的。他和《人民新闻》的总编江森先生没有关系。”我对俊子女士说。

如此看来，可以确定千弘成为《人民新闻》的记者，是在她成为俊子的门生之前。但就我所知，江森盛弥先生很久以前就过世了。

最近，通过奇妙的机缘，我得知与谢野晶子的女儿森藤子夫人与江森盛弥的遗孀仁保荣夫人是表姐妹，于是通过森夫人，我听到了江森夫人的可靠证言。

“据说千弘直接去了位于九段富士见町的《人民新闻》报社，说希望聘用自己。但时局是那个情形，而且家里还有孩子，没办法留她住下，只好让她回去了。千弘似乎想在那里住几天……”森夫人转述了江森夫人的话，又加了一句，“据说千弘看起来要比实际年龄年轻十岁。”

千弘来到《人民新闻》，是因为《人民新闻》曾经刊登过招募职员和编辑的消息。

招聘消息共刊登过两次，一次是在昭和二十一年三月十五日的第二十二号，另一次是在昭和二十一年四月一日的第二十五号。千弘大概就是看了这个消息，才决定去东京的。

昭和二十一年五月二日开始运营的“艺术学校”，文件中千弘的地址已经是在《人民新闻》的报社内，说明四月份的时候，千弘已经进入报社了。

据旧时的《红旗》记载，从牛込见附车站（现在的饭田桥）下去，在一片焦土中立刻就能看到报社所在地。那本来是小野俊一先生拥有的办公房屋，小野先生爽快地借给了人民新闻报社。房子没有宿舍，职员们都是从别的地方来上班，连总编江森盛弥先生都是从长崎町的家坐电车上班。

我拜托森藤子夫人，前往老年医院，在“浴风园”的病房中拜访了江森盛弥的遗孀仁保荣夫人。

江森夫人和我同龄，可能因为年迈的缘故，躺在床上。但她耳朵灵敏，言语也清晰，采访起来很轻松。我原来一直以为报社的职员是住在工作地点的，却想错了。据说，有一天盛弥先生忽然将千弘从报社带回家，对夫人说“安排她住下”。

江森夫人笑着说“他是个没算计的人”。故去的盛弥先生完全没有考虑过妻子需要计算家用开支，夫人只能苦笑。但是关于聘用千弘的前后经过，夫人却没有过问。由此看来，千弘拜访《人民新闻》的举动，似乎是很唐突的。

江森夫人说："因为我没办法安排千弘住下，江森就把她领去别处了。"

那么，江森先生把千弘带到附近的大姐赤松俊子家里，就是自然而然的事了。

到了这里，我终于舒了一口气。尽管迂回曲折，但终于弄明白千弘是受到了江森家和赤松家的照顾。"即便做住家女佣，也要去东京"，千弘这个不谙世事的梦想，在到达东京的第一天就破灭了。但最终江森先生聘用她进入《人民新闻》，若说幸运，也的确是幸运。考虑到如今那些大学刚毕业的男孩女孩为了求职而烦恼的样子，或许可以说，战争刚结束的混乱时代对有才能的人反而是一大机遇。

总之，千弘拜访《人民新闻》，这迈向女性独立的第一步做得非常成功。从这个时候开始，千弘不必再顾忌父母许可与否，成了一名依靠自己的判断行动，并自己承担责任的女子。这的确是女性的曙光。当时日本依旧没有给予女性参政权，在这方面依然同封建时代一样。

接下来，新女性的时代就要开始了。

《江森盛弥先生》，1946 年 9 月 17 日

“感觉忽然就把她带来了，千弘似乎在东京无处可去”

——与江森盛弥的夫人对谈

黑柳 您的身体还好吗？今天我来拜访，是想请教您岩崎千弘女士第一次到《人民新闻》拜访江森总编时的情形。

江森（端坐在床上）哦？我记得千弘的第一部作品是《淘气狐狸列那》。

黑柳 那是您先生翻译的书吧？

江森 是的，是用再生纸印制的小开本。熟悉千弘的人，也很少知道她的处女作就是这个。不过我家里没有这本书了。

黑柳 好像在千弘的年表中有记载。千弘美术馆里大概有这本书吧（千弘美术馆藏《坏狐狸，它的名字叫列那》，一九四七年，霞关书房）。那么，您先生是从德语翻译过来的？

江森 他的德语其实是在监狱里学的，仅仅是自学。

黑柳 听说，千弘从松本来到东京，一开始是受到了府上的照顾……

江森 是的。江森是想照顾的，他是个没算计的人，家里没有米，什么都没有，他却轻率地把人家带来了。我只好说，“不是不想让你住下来，只是……”总之马上去其他地方了。（去了什么地方？）那个重要的地方……我不清楚。不好意思，我想躺一躺。

黑柳 您请便，怎么舒服怎么来。千弘到您府上拜访之前，是不是从松本写过信来？事前没有说过哪月哪天前来拜访之类的话吗？

江森 这个我没听说过。总之，感觉忽然就把她带来了。而且，千弘在东京似乎无处可去。

黑柳 报纸的发行场所是在富士见町，而您家住在丰岛区南长崎，是吗？

江森 我不清楚编辑部是不是在富士见町，只知道我们家不是编辑部。

黑柳 那么，您知道千弘作为记者干得非常起劲吗？

江森 我不大知道。但千弘画了很多插图之类的东西。我很清楚，我丈夫想尽力帮助她。我想他后来把千弘带到赤松俊子那里去了。有一阵子，千弘的画与赤松女士的画非常相像，简直分辨不出来。那是在模仿老师吧。

黑柳 （指着挂在枕边的千弘画作日历）您见过千弘画画吗？

江森 她是用左手画画的。我一开始不知道，因为她只在我家露了一面。盛弥是在一九六〇年，也就是签订《新日美安全条约》那一年的四月五日去世的，赤松女士和千弘都来了。那时候，赤松女士说“江森先生不擅长让自己出名，却擅长让别人成名”。我们非常穷困，只能用奠仪一点一点地去还债，只有千弘表示不用还她的钱了。换算成现在的钱，大概有两万日元吧。我丈夫不在了之后，我甚至去叫卖过茶叶。

黑柳 那时，千弘已经很有名了吧？

江森 对，很有名，但还比不上赤松女士。

黑柳 听说赤松女士住在您家附近？

江森 从池袋乘坐西武线电车，往北就是赤松女士所在的画家村“帕台农神庙”。我们住在南面丰岛区的边上，临近中野区。

黑柳 如果您先生还在世，就可以请教他很多问题了，真是遗憾。

江森（像在回忆什么似的垂下了眼睛）千弘第一次来我家的时候，没能住下。是的，是那样的。因为我没有开口说出挽留的话……我感到很内疚……对不起。

第十一章　与赤松俊子相遇

签名中蕴含的情感

不管怎么说，千弘能成为画家，丸木俊子（本姓赤松）的影响非常大。看千弘的年表，会发现冈田三郎助的名字，但很难说千弘受到了他多大的影响。在此人与千弘之间找不出任何联系。此外还可以找到中谷泰的名字，但读中谷先生的文章，他似乎并未指引过千弘什么。事实上，从中谷先生现在的油画来看，与千弘油画的共通之处也只有在画面构图上加入深灰色、使其色调暗淡这一点。难以想象千弘究竟受到过中谷先生多少影响。中谷先生也没有提过，我想与其说中谷先生谦逊，莫如说他坦诚。

对千弘影响最大的应当还是赤松俊子。只看签名，就知道俊子老师的影响一直延续到千弘最后的作品。千弘签名使用的是自己名字的和假名“ちひろ”三字。年轻时她辛苦地掌握了和假名书法，甚至留下了可以颠倒着修改弟子书法的传说。但是在“ちひろ”三个字中，千弘却没有使用和假名书法的笔法，而是使用了现代色彩浓厚的写法。尤其是“ひ”字，完全不是和假名的写法，这个字本来是由汉字“比”演变而来，在平安时代发生变形，最后定型为“ひ”，藤原行成流派的“ひ”与千弘签名的“ひ”差距极大。千弘的签名更有图案色彩或现代风格，说那是丸木俊子的字体也无不可。

千弘巧妙地吸收了“日本画风格”或者说“大和绘风格”中的“没骨”技法，创造出了独特的水彩画，原本应当创造一种与画面风格相适应的签名，但是直到最后一幅画，她都坚持使用俊子风格的签名，我认为那是千弘对老师心怀敬爱的缘故。

我希望美术史学家能更详尽地考察千弘的签名与和假名以及俊子之间的关系。在“ちひろ”这三个字中，应该含有关键点。

一九六四年，因为“部分禁止核试验条约”事件，岩崎千弘夫妻与丸木俊子夫妻断绝了本来如亲人一般的关系。详细情况可见千弘的丈夫松本善明先生的《回忆千弘》一书。我曾在十年前打算写千弘传记时拜访过俊子老师，询问过这件事，但俊子老师只是淡淡数语，没有详加说明。

依我看来，那时丸木夫妇完成了原子弹爆炸图的屏风，带着它在全世界展览，开展废核运动。他们从中获得了自信，并为此感到满足。

俊子老师说：“他们二位来到我家，千弘对我说‘请您改变主意’。”

当时有一部分人追随苏联，认可地下核试验，我并不认为千弘能从理论上说服与这些人一起行动的丸木夫妇。俊子老师也说："我们没有进行辩论。她只是重复着'请放弃吧'，但我做不到。"

现在，千弘美术馆中也陈列着千弘早期的作品。把那时的作品与晚年的进行对比，会觉得简直像出自不同的人之手。

我特别喜欢彩色粉笔画与水彩画并用的人物像。先用彩色粉笔大胆扼要地把握人物，在此基础上用水彩进行"大和绘"风格的晕染，最后用没骨技法即兴式地完成画作。

这样的作品，政治家大概会说是"东西文化的融合"。日本的西洋画界容易陷入模仿西方、忘记日本文化与传统的境地，但千弘的画却巧妙地融入了由毛笔、水和纸三要素共同作用酝酿出的微妙意境，也就是书法的意境。当年她决意成为画家后，每天都去赤松俊子的画室孜孜不倦地练习素描，那时的努力终于在"画家千弘"的个性中开出了美丽的花朵。

上一章提到过，是《人民新闻》的总编江森盛弥将千弘介绍给赤松俊子的。当时，赤松画室中有很多学生在学习素描。但是没有钱雇模特，那些年轻的未来画家们就轮流充当，连老师赤松俊子也脱下衣服当过模特。千弘的画夹中留存有老师的丈夫丸木位里身穿宽腿裤、拄着拐杖扮作仙人的素描，这幅画还时常展出。当然，素描稿上并没有一一注明，所以许多作品的模特是谁现在已不清楚了。如果千弘还在世，倒还可以调查一番。那时在赤松俊子画室学习的学生，无疑曾有人专心地描绘过千弘一丝不挂的裸体。如果那人把年轻时的作品小心保存下来的话，那么一定存在千弘的裸体画像。

俊子老师笑道："轮到千弘的时候，她脱下衣服时那副害羞得恨不得消失掉的样子，让我印象很深。"

对跟随俊子老师学画的学生们来说，为了艺术在人前全裸并不羞耻，这样的观念一定很普遍。

一九六四年的尴尬分别之后，千弘和俊子之间再没有来往。但是在千弘的葬礼上，俊子老师依然致唁电表达哀悼，据说还询问千弘的墓地所在。

正如千弘在签名的三个字中包含的对老师的敬爱之情一样，自己曾经关照过的心爱弟子去世，俊子老师一定也无比悲伤。

《裸妇》，1950 年 10 月 30 日
这可能是千弘参加素描会时的作品，
据说她也轮流担任过模特

“弗雷德·阿斯泰尔是阿千的恋人”

——与千弘的表妹澄子对谈

黑柳 千弘曾经的恩师丸木俊子女士说过：“我的宫泽贤治，是受千弘的影响……”

中村 是的，千弘姐姐特别喜欢宫泽贤治的诗。《不惧风雨》自不必说，《蠕虫舞手》也很喜欢。她说，贤治把孑孓比喻成 8、γ、e、6、α，那种感觉太奇妙了。她教给我很多东西。

黑柳 听说千弘在艺术学校学习过劳动歌，她教过您吗？

中村 阿千说，法国的国歌《马赛曲》也是劳动歌，但那是革命之后才写出来的歌，所以唱的时候要有劳动者奋起的感觉。（双手静静地摆好姿势）她还说“从这里到这里，要低声、悲伤地唱”。

黑柳 是用法语唱吗？

中村 对。（用法语唱了几句）阿千教我的就是这样。另外，我和阿千还在三楼房间里唱弗雷德·阿斯泰尔的歌。她总是谈论阿斯泰尔:“阿斯泰尔的头发会是什么颜色？”“眼睛是什么颜色？”有一天，她拉着我去了涩谷的电影院，想弄明白阿斯泰尔到底是什么样子。幸运的是，那部电影是全彩的，头发和眼睛的颜色一清二楚。阿千问“怎么样”，我只能回答“他的脸像是倒过来的茄子”。阿千说“哎呀，太过分了”。她跳舞也非常出众。（笑）每天晚上，她要在过去那种手摇留声机上放上阿斯泰尔的唱片才能睡觉。阿斯泰尔是阿千的恋人。听到他的歌，苦恼就烟消云散了。

黑柳 苦恼?

中村 自己的画评价不好的时候，她会很消沉。有人批评“色彩太暗”。她的苦恼都是关于画的。我甚至感觉她是依靠阿斯泰尔的歌来支撑过这些的，忧郁的脸上一下子有了光彩。

黑柳 千弘唱阿斯泰尔的哪首歌?

中村《Cheek to Cheek》、《The piccolino》等等，几乎每天都唱。从电影院弄到的歌，她会查字典把小册子上歌词的意思弄懂,然后左右摇晃着身子唱。对了,一开始不知道“piccolino”是什么意思，一查字典，原来是“小笛子”，这些都是新鲜的发现。虽然手里拿着红薯在啃，阿千却拥有一个童话般的独特世界，在我的一生中，再也没遇到过像千弘姐姐那么快乐的人。

黑柳 这反映了战后年轻人的心情和生活气氛，虽然物质生活不满足，但怀有希望，生气勃勃。

中村 您这么一说，我想起一件事。阿千的生活虽然过得拮据，但有一天忽然买回来一件高档衬衫，说是发现了质地特别好的东西。

黑柳 那时候市面上还没有什么好洋装、好布料吧？

中村 那时我们都觉得奇怪，东京还有卖这种东西的地方？千弘喜欢圆领衣服。那天，她气喘吁吁地回来，打开包装让我看。那是一件镶领衬衫，白底的圆领上用斜纹布做了三层镶边，绣着粉红色的蔷薇花，上面又罩了一层薄纱，蔷薇花透过薄纱显露出来。她说："在银座买的，漂亮吧。"她是狠了狠心才买下来的，把钱都花光了。

黑柳 战争结束的第二年，居然就有这样的衣服卖。不过，千弘真的是很喜欢漂亮东西啊。

中村 是啊。她说如果不赶紧弄到手，漂亮东西就没有了。

黑柳 我现在还是这样，因为少女时代一直什么都没有。说起洋装来，那个时候我只有水手服和宽腿裤。正是长个子的年纪，却什么都没得穿，所以造成一种反作用，就是喜欢漂亮东西。

中村 是的。阿千就是想着"日子总有办法过"，很干脆地买下了衬衫，结果弄得连买袜子的钱都没有了，于是跟我说"借我袜子穿穿"。不是借短袜，而是丝袜呢。不管怎样，她都要打扮得漂漂亮亮。那段日子真是不好过。

黑柳 土方重巳老师曾经给饭泽老师的作品《阿杨、阿宁、阿东》和《三只小猪布布、拂拂和唔唔》画过插图，他说第一次见到千弘时，千弘戴着宽檐帽，穿着水手服似的洋装，像个女学生，一问才知道她已经年过三十。土方老师说“大吃一惊”。是这样吗？

中村 那时的千弘看上去要比真实年龄小十岁。她坐电车时，快下车的时候，曾经有乘务员当着很多乘客的面对她大喊：“喂，喂，你不能借人家的月票来用！”这样的事发生过好几次，她很气愤。

黑柳 是不是因为她喜欢穿灯笼袖洋装的缘故？

中村 也许是吧。她经常被误会，其中还有一个绝妙的故事。她来东京后，最初在人民新闻社工作，有一天一位上了年纪的男士来报社拜访，问：“请问岩崎千弘在吗？”社里的人说：“她现在外出了，您有什么事？”对方扭捏了半晌后说：“那个……我有个十九岁的女儿，她特别喜欢岩崎先生的画，想要嫁给岩崎先生……”社里的人一本正经地说：“您的心愿大概不一定能成，不过等岩崎回来，我们一定转告。”后来大家都哈哈大笑。因为那时阿千还用她的本名，用硬邦邦的汉字写成“岩崎千弘”。

黑柳 那是刚开始在《人民新闻》画插图的时代吧。有千弘曾为《红楼梦》、《北望园之春》、《农家的孩子》等连载画过插图的记录。

中村 不久，她离开《人民新闻》开始独立，但还没有多大名气。稿子的价格只能由对方决定，稿费微薄，而且不能按时拿到，非常辛苦。我依然记得她在寒冷的冬天穿着泛紫的青色粗绸夹衣、披着短外褂工作的背影。画画的时候，她都穿着白罩衫。

黑柳 从年表来看，那是一九四七年千弘二十八岁时的事吧。

中村 正巧在那时，我从杂物间找到了两幅水彩画。那是我上女子学校时的作业，画的是水菖蒲，其中一幅是交给老师的，一幅是画糟了的。我给阿千看了。阿千拿起我画糟的那幅，说："阿澄你看，紫色颜料洇开了，花瓣显得多么饱满，是吧？"反倒称赞我画糟的那一幅。后来，我看到颜料洇开（即使用晕染法）的画，就忆起当时的情景，心想，原来是用了那个手法啊。

第十二章　天才与牺牲

支撑千弘的女性

文章写到这里，我不禁自问：关于千弘，我到底想写什么。

实际上，我是想具体地向诸位表述“女性的自立”这个问题。如今女性的自立已经成为常识，我还把它当作问题，也许我才是落后于时代的人吧。

但以我的真实感受来说，即便是千弘，在战前也并不能自立，所以她才被迫经历不幸的婚姻。由于命运的捉弄，丈夫自杀了，那段婚姻以不幸告终。但是从第三者的眼光来看，也许为了一位天才画家的诞生，这样的牺牲也是必要的。

如今，我冷静地审视千弘的一生，似乎看到她周围各种各样的人通过不同的努力，来培育和保护一位天才。

例如，此前我没有深入谈及的那位绰号“男民”的女幼儿园长冈村民，在我看来，她确实牺牲了很多。在战争刚结束、物资匮乏的时代，每日三餐都无以为继，要什么没什么，唯一的点心只有红薯。在那样的时代，冈村民依然想尽办法弄到肉和鸡蛋等最上等的营养品（当然，那只可能是“黑市物资”），一一摆放好，期待着把它们送到千弘那里去的“约会日”。这位“密斯民”的心情真是令人同情。谈及千弘的过去时，人们往往会美化逝者，但无论别人说什么，我总是探究真实，我相信这么做是书写历史之人的义务。所以，我对这位“密斯民”对千弘非比寻常的爱抱有很大兴趣。在我看来，民女士这份爱正是“同性之爱”。

民女士十分妒忌千弘与松本善明先生的恋爱，反对他们结婚，这些失去理智的行为使我更加确信自己的推测。

松本善明先生告诉过我一件饶有兴味的事。当时他还显得有些顾虑，说“有件事不知说出来是否合适”。这种情形下，我一般都会反复怂恿“说说看”，最后一定让对方说出来。松本先生也拗不过我的执着，所以最后成功地问到了详情。

松本先生说：“那是我和千弘交往日渐深入时的事。有一天我去她当时住的钣金店，老板娘说千弘那里有客人在，让我在外面等一会儿。过了一会儿，只见千弘面红耳赤地下了楼。我感觉一定发生了非同寻常的事，就问，‘出什么事了？’原来是那个冈村民吻她了。”

听到这番话，我断定民女士确实是同性恋。大概是在她带着很多贵重食品拜访千弘的时候，老板娘在楼下喊“松本先生来了”，于是千弘准备外出。民女士十分妒忌，想要阻止她，便终于凑近千弘，采取了亲吻这样直接的行动。

千弘大概是以逃离虎口的样子奔到楼下的。可是，看着千弘和松本先生携手离去的背影，民女士又是什么心情？我对民女士感到同情。千弘既然已感受到民女士那异样的爱中非比寻常的地方，就应当委婉地断绝交往。尤其是在民女士毫不吝惜地赠送了很多当时极为珍贵的物品的情况下，一边收下这些礼物，一边却与恋人外出，这在民女士眼中，只能视为一种背叛吧。

没有被恋人甩过的人，很难理解民女士的心情。只有体会过失意滋味的人，才明白当交往很久的人忽然转变态度移情别恋时，另一方的伤心是多么深重。尤其是千弘在很长一段时间里一直依赖民女士，这一定使民女士有了某种自信。

现在想来，千弘来到东京后，是在至少两年以后才选择松本先生为恋人。而之间这段相当长的日子里，千弘都把民女士当作艺术上的顾问来看待。

就这一时期千弘的生平进行采访时，只有一位筒井敬介先生（儿童文学家，千弘在《人民新闻》时的同事）极力否定千弘，可说是一个例外，令我印象很深。

筒井先生说："第六女高的学生就从我所在的庆应中学下面经过。我们在二楼上看，对第六女高的学生根本不屑一顾，我们注意的是普连土女校和圣心女校的学生。我总是揶揄第六女高毕业的千弘，说'你们那儿没有美人'。而且千弘的画也不好。千弘给古装政治故事画过插图，全部是农民起义的事。《人民新闻》社没有其他画手，也没有钱，所以只能由千弘画插图。那是古装故事，是有一定规矩的，可是佩刀的位置乱七八糟，灯笼也怪模怪样……”

筒井先生做出了毫不留情的批评。大概由于千弘是“左撇子”才画成那样吧。当然，千弘是在山手地区成长的，不知是否去看过歌舞伎表演，画武士的模样恐怕是难题中的难题。

我已经习惯了筒井先生这类批评，这种无所忌惮的贬损反倒可以增添史料。

《人民新闻》的总编江森盛弥先生运用在监狱中学习的德语，将德国的民间故事《狐狸列那》改编成适合小孩子的书，让千弘画了插图。这本书只在千弘美术馆保存着一册，现在几乎无人知晓。但我还记得当时为自己的孩子买过德国绘本。那好像是一本关于“教养”的书，讲的是不注意仪表的孩子不修剪头发和指甲、任由它们长的事，内容很陈腐，不过原画都是从德国古老的民间画中选出来的。

我记得战后一段时期内，出版过这类外国故事的重印本，《狐狸列那》大概也是其中之一。筒井先生告诉我，当时占领军的新政派美国人想要培植左翼，在纸张分配上也照顾左翼，多分给他们一些，那些纸张会被私下里买卖。筒井先生还告诉我当时生活的艰难情形，报社发不出薪水，有时竟延迟三个月，他和一位同事把一袋花生分成两半，一边以此果腹一边上班。

比起筒井先生艰难的生活，千弘要宽松得多。赤松俊子的提携发挥了效力，工作机会接连不断，因此也比较宽裕，可以说生活还是轻松的。

她住在亲戚家烫金店的三楼上，在外餐券食堂吃饭，像少女似的和表妹中村澄子一起迷恋弗雷德·阿斯泰尔的踢踏舞，热衷美国的音乐电影。

作为在松本加入共产党的人，千弘给人一种难以想象的自由之感。不如说在那里，千弘感受到了自由的人性，她先知先觉地获得了国际性。

妹妹们私下里给千弘起了个绰号叫“布共”，那是“布尔乔亚共产党”的简称。这正表现了当时一般民众对共产党的看法，即共产党意味着贫困。

我坚信“美”这一事物是通行于整个世界的，人们不会故意让自己身边笼罩着肮脏暗淡的氛围。事实上，我收到的有关共产主义国家的消息，都表现了对未来积极向上的展望。

苏联向我们展现的东西，比如芭蕾和电影等都绝不是阴暗污秽的，反倒强调了光明与美好的事物。

我特别喜欢捷克的木偶剧，通过外交相关人士的关系，得以有机会观看。我看了基里·透恩卡先生的木偶动画片，真是美妙极了，充满了梦幻色彩，令人激动不已。那里面绝对没有一点污垢，洋溢着美好。

这些作品令人想到，我们有义务将光明与美好带给要承担下个时代重任的孩子们。

前些日子，千弘美术馆举办了德国比耐特·施罗德女士的绘本展。

这一次，我们将千弘早期的作品，即前文所述的她作为绘本作家和儿童画画家刚刚起步时的作品，与施罗德女士的作品放在一起展出。于是我有了一个大发现。

虽然说施罗德女士是活跃在当下的画家，年龄与千弘也有很大差距，但我还是惊诧于千弘的画作是如此暗淡。

那些作品明显展现出赤松女士对千弘的强烈影响，暗淡混浊、缺乏明澈感的特点是如此明显，也许美术馆应当展出千弘后期的作品才对。

我向馆员表达了不满，大概千弘本人也希望这么做吧。

我知道，在人们向世界控诉《原子弹爆炸图》惨况的时代，想寻求什么明澈之感是愚不可及的。但是想给孩子明天的希望，我们自然要改变色调与表达方式。

我并不吝于肯定《原子弹爆炸图》的重要性，但觉得也应当有相反的强调和平的作品。

也许千弘正应该承担起这方面的任务，事实上她也是这么做的。但她刚开始作为画家自立时，老师的影响还是非常大。

连施罗德女士也坦承自己受到过中世纪的博斯与勃鲁盖尔的影响。与现在不同，中世纪是迷信与荒诞统治世界的时代，阴暗怪诞。有人甚至因为从施罗德女士的作品中发现了怪诞色彩而讨厌她。

不过，施罗德女士的作品加入了幽默味道，令人感到温暖，这也许是画家的个性使然。千弘这种个性也非常强烈，将人们的心灵带向温暖的地方。

到目前为止，我耗费了许多笔墨，就是为了阐述千弘这样一位女子如何经历诸般曲折，终于实现了对女性难能可贵的自立的过程。

那个时代的女孩子并非像现在这样，大学毕业后立刻找工作，而是要顺从地在父母铺好的轨道上前行，遵从男人的意志，不情不愿地生儿育女并把他们抚养成人——我阐述的就是在那充满了迷茫的灰暗岁月里，千弘这个女子是怎样奋斗、如何生活下来的。

关于这些，千弘的丈夫松本善明先生和独子松本猛先生已经出版了好几本书，我不再赘言。但对于二位书中没有出现的事情，或者近乎隐私的部分，我都不避忌地写了出来，这一点希望能够得到谅解。因为这就是我的历史观，是我观察事物时的态度。

“那是善明先生成为司法实习生前，生活最艰苦的时期”

——与松本时代和千弘来往密切的菊池弘子，及其长女平山知子对谈

黑柳 曾经跟您来往密切的千弘，在战争结束第二年却忽然从松本消失了。您和千弘重逢是在……

平山 我是到东京后与千弘女士不期而遇的。当时我和母亲在一起，在原宿那边我家附近社会事业大学的礼堂。因为邻居家的女孩要表演日本舞。

菊池 女孩的母亲跟我们说了，碍于情面我们都去看表演，虽然其实不太起劲。

平山 那是一九五〇年或一九五一年吧。到了那儿，我们就觉得舞台装饰的风格好像在哪儿见过似的。

黑柳 咦？那是千弘画的吗？

菊池 是的。但我们怎么能感觉出那是千弘的画呢？现在想来还是很不可思议。

平山 大概是整体的氛围吧。

菊池 可是在松本的时候，我们只见过千弘画的海报之类，并没有深入地接触她的画。

平山 于是我立刻跑到后台去了。

菊池 然后大家哇哇大叫，说怎么会这么巧。

黑柳 这是千弘忽然消失后，大家第一次见面？

菊池（感慨地）第一次。

平山 而且是在离我们家只有五分钟路程的近处相遇。都隔了五年了。

黑柳 千弘当时已经结婚了？

菊池 已经和善明先生结婚了，千弘说“他现在在学习，准备通过考试后当律师”。他正在备战司法考试。那时候阿猛还没有出生。

黑柳 千弘结婚是在一九五〇年一月，阿猛出生于一九五一年四月，所以应该是这期间发生的事。

平山 那是善明先生成为司法实习生之前，生活最艰苦的时期……所以千弘兼职为人家做舞台装饰。

黑柳 千弘戴着帽子吗？

菊池 当然戴着啊。随后，她就到我们家来，大家畅叙离情。

黑柳 都说些什么呢？

菊池 和善明先生结婚的事，给日下田酱油设计广告的事之类的。千弘说，自己身为画手，还没有成名，所以生活很艰苦。还说虽然已经是民主主义的世界，但女性的地位也不是一下子就能提高的，还差得远……说了很多她的感慨。她一定经历过很多困苦吧。至于结婚的事，她说“我年纪比他大哟”。

平山 那时千弘住在神田姨母家附近一家钣金店的二楼。

菊池 然后，她还说“现在是战后重建时期，共产党面临很多严峻问题”。

平山 难熬的时期啊。

菊池 我们聊了很长时间。

黑柳 您还是第一次看到千弘那么爱说话吧。

菊池 是的。从前她都是静悄悄地待在一边，一下子主动说起话来，让我很吃惊。

黑柳 真是偶然的重逢啊。

第十三章　容易受伤的心

《我的爱之记录》凝聚了对丈夫的情意

千弘比较顺利地起步，成功实现了自立。

在战败后的混乱时期，她奇迹般地找到工作，进入媒体行业。尽管有时为薪水延迟发放苦恼，但自从被丸木俊子老师提携，工作机会便纷纷到来。当然可以说这是因为她是天才，但发现天才并加以培育的“伯乐”同样也不可或缺。

千弘有生以来第一次成为“老师”，是因为连环画剧，这让她从新闻从业者变成了冠上“老师”这个尊称的人。当时，连环画剧多是由卖糖的人在街头表演，但千弘的连环画剧却不是那种，而是在幼儿园由保育员表演的教育连环画。

在谈论一位绘本画家、叙述她的生平、理解她的工作时，若说必须注意什么，那便是一切都离不开印刷方法。

千弘画家生涯的初期，有一半工夫都在与印刷技术的缺陷作斗争。当时，彩色印刷是用称为“描版”的幼稚之极的技术完成的，无法把画家真实的高超技艺传达给鉴赏者。

如今有了精妙的照相制版技术，用滤光镜将色彩分解，制作出多个色版，再将色版重叠起来，便能获得极为接近原作的色彩。而这种“描版”要靠“版下工”，也就是如字面所说的制版工匠的悟性来印出颜色。在画的轮廓上也一样，是用透明的纸紧贴在原画上摹下线条。概而言之，就是做出尽可能接近真品的赝品。

千弘的第一部连环画剧作品《妈妈的故事》，现在在美术馆里总算还保存了一部分，但那东西一眼看去就令人厌恶，需要发动想象力才能勉强和千弘的才华联系到一起。这位后半生情感纤细微妙、几近有洁癖的女子，是无论如何都难以忍受这种事的。

即便印刷品如此粗陋，千弘还是忍耐着完成了许多连环画剧的工作，获得了各种各样的“奖项”。但是我无法像别人那样高度评价那些工作，因为那是与印刷技术妥协的结果，并非“出自本心”。长期以来，儿童画画家们都或多或少地忍受着这种妥协的艺术。

千弘竟然直到晚年还能保持那种纤细微妙的情感，这令我感慨万分。渡边泰子女士从昭和二十年代起一直作为编辑和千弘亲密接触，据她说：“如果编辑话语粗鲁，她会一整天放在心上，没办法工作。”出版社便把千弘喜欢的编辑派到她身边，絮絮地说些闲话，她才能渐渐开始工作。

千弘的独生子阿猛长大后性格好强，提出要买摩托车，母亲因为担心不肯答应。阿猛非常生气，怒气冲冲地丢下几句赌气的话就出门了，结果这位画家母亲大为受伤，连工作都不得不停下来。

这种情况下，要安抚和劝解千弘，使她恢复自信，就要靠编辑们的本事了。

松本家至今还留存着千弘的手记《我的爱之记录》，其中明确地表现出了千弘的心是怎样容易受伤。

这部手记也是夫妇俩——不，是千弘的爱何等深厚强烈的明证。手记创作于他们结婚后，松本善明先生为了整理老家的财产回关西去的时期。由于整理工作十分烦琐，善明先生埋头于事务中，几乎没有时间写信。那时千弘悲伤的样子简直令人心痛。读着她绵绵的手记，我惊讶于千弘深厚的爱意，同时甚至为善明先生的迟钝感到焦躁。

若是现在的女性，也许会写信表达愤怒。千弘却没有那样主动，她只是陷入无休止的猜疑：自己比丈夫年长，也许被抛弃了。她像发疯似的写下了胡思乱想的文字。

一九五〇年六月二十九日　星期四　小雨

以前，我不知道什么是孤独。没结婚的人是不会明白的。我是孤独的。

善明抛弃我了吗？不会的，一定不会。明天就有信寄来，一定会有让我的心跳跃起来的信寄来。在白骨（温泉）我的脸很难看，但那怎么样呢？在通向山上的小香烟店的路上，两个人爱得那么朝气蓬勃、新鲜热烈。此后才过了一个星期，善明的心不可能骤然改变。他不是那样的人，我们的爱也不是那么肤浅。可是已经有一星期没有信……啊，究竟是怎么回事？一日只有一餐，可依然难以下咽。我是这样疲惫，变得这样瘦弱。我不愿用这副样子去见善明，可似乎又希望他看一眼这样的我。分别后的第一天、第二天，我还只是甜蜜地忧愁着，尽管有些不安，但我确信会有书信，确信在说好的一个月结束后，我们就会见面。现在，我的确信动摇了。但是，但是，我还是相信，相信善明。心情似乎变得奇怪，本以为写下来会让心里安稳一点，可是我好像快要神志不清，不能握笔了。

母亲，救救千弘吧。我的眼泪一直在流。

可能因为是手记的缘故，在贤母的威压下成长起来、诸事皆能忍耐的千弘毫不隐瞒地宣泄着哀怨和痛苦。这是她作为平常人的记录，读者一定会为发现“凡人千弘”而高兴。如此一来，天才已经消失无踪，只剩下一个爱恋着情人的女子。

千弘近乎狂乱地烦闷，善明先生却若无其事。千弘几乎每天都要寄去书信，又寄给他宝冢附近的素描，但善明先生毫无反应，令人不禁怀疑他究竟是否读过那些信。或许他是认为两人之间已经不再有秘密，这种信赖感才使得他这样做，也使得千弘愿意翻来覆去地写那些甜美的爱语。

另一方面，可能是在海军学校养成的军人气质，使善明先生尚不习惯女子容易受伤的心思的微妙之处。这也是男人的迟钝。而且一个后来成为国会议员的人，在本质上与儿童画家并不完全一致，这也理所当然。

千弘与深爱的丈夫生了一个男孩，善明先生给孩子取名为“猛”。这大概是个蕴含了革命家愿望的名字。不过这位“猛”后来却给自己的四个孩子（野花、麻野、春野、冬树）取了只能用“诗意”来描述的名字，人生真是有趣。

“围绕在千弘身边的人，都在争夺她的爱”

——与曾担任千弘责编的童心社编辑渡边泰子对谈

黑柳 您与千弘相识，是在……

渡边 我第一次见到千弘，大约是在我进入出版社的第二年，也就是一九五三年四月。千弘来到新桥“教育连环画剧研究会”所在的文工会馆。同事拉了拉我的衣襟，说“那就是岩崎千弘”。这是第一次见面。千弘皮肤白皙，穿着黑色连衣裙从昏暗的入口进来，令人印象深刻。

那天好像是阿猛的两岁生日。千弘悄悄和会计交涉说:“儿子过生日了，想给他买点什么，请问能否把余下的稿费支付一些？”千弘一九四七年的稿费都过了五年还没办法支付给她，大家都穷得只能勉强糊口。那次她好像拿到了一千五百元之多。

黑柳 您见过《母亲的故事》中的画吗？

渡边 见过，有很浓厚的丸木老师的影子。我是在很久以后才懂得连环画剧的，注意到千弘的画作为连环画剧，有非常出色的画面结构。现在那些画的评价很高。

黑柳 那些画还有吗？

渡边 有的，童心社的库中现在应该还保存着。

一九五三年、一九五四年前后，我住院了，稻庭桂子（童心社第一任总编）来看我，还把千弘画的第二部作品——大幅色粉画[1]《冰雪女王》带给我看，那是梦幻般漂亮的画。其中几乎看不到丸木老师的影响，已经完全是千弘的画了。画里面的格尔达像千弘一样，可爱、善良、勇敢、有干劲，我特别喜欢。周围的病友们也说“好漂亮”，都被深深感动。那时我想，岩崎千弘这个人真了不起啊。

可是，等我出院上班后，稻庭却说：“我和她吵架了。《冰雪女王》还有四千元没有付，但没法去千弘家。我把她惹火了。”我说：“那可不行，我去吧。”便带着四千元去了位于练马的千弘家道歉。不久，千弘又给我们画了连环画剧《国王的跳蚤皮长靴》（一九五六年，童心社），第二年还画了《月亮几岁了（安徒生原著《没有画的画册》）》的连环画剧。

黑柳 那是什么样的画法？

渡边 是用水彩画的，然后用色粉强调重点。这部连环画

①一种使用特制的彩色粉笔创作的画，兼具油画与水彩画的艺术效果，有独特的艺术魅力。

剧得奖了，在一九五九年五月获得了儿童福祉文化奖（厚生大臣奖）。庆祝宴会在东京站酒店举行，千弘穿了一身淡粉色水滴图案的套裙，戴着有灰色装饰的高高的粉红帽子，坐在盛开的丝石竹和补血草对面，漂亮极了。

千弘这个人，如果编辑不陪在身边，她就没法画画。她喜欢和中意的编辑一边闲聊一边画画。用的是左手。她说如果编辑不在，自己就浇浇花、拔拔草的光玩了。一九五四年前后，她家住在练马区的下石神井，一进门右手边有一个画室，她就在那里工作。我在那里等待她完成工作，有时和她一起吃保姆做的饭菜。

黑柳 千弘的饭菜是怎样的？

渡边 大概是夏天吧。玻璃碗里盛满了冰水，里面放了绢豆腐，上面还漂浮着薄薄的黄瓜片。还有烤鲑鱼什么的……

黑柳 原来千弘喜欢清淡的食物。她在画室里穿什么样的衣服？

渡边 我想那是画《国王的跳蚤皮长靴》的时候。她穿着丝质连衣裙，是紫色有小花图案的粗绸质地，圆领，胸口镶着荷叶边，布料软软的，非常漂亮。我记得她很多衣服。

黑柳 千弘总是打扮得很漂亮吗？

渡边 我觉得她是出门时穿着得体，在家时比较随意。

黑柳 渡边女士见过千弘的母亲吗？

渡边 在千弘家里见过好几次。她穿着米色套装，戴着镶有薄纱的帽子，非常时尚……一进门就大声说着“千弘呀”，一边走进来。千弘的妹妹一家也住在同一幢房子里。

黑柳 那时千弘的儿子阿猛正是最可爱的时候吧，大概五岁左右？

渡边 在她给福音馆画的绘本《一个人就能办到》(一九五七年）里有一个小男孩，单脚站在邮筒的石头底座上，正往邮筒里放信，我说“好可爱”，千弘说，“阿猛非要我把他画进去，他总是像画里这个样子”。觉得可爱而画下来的图画，就会特别好。

黑柳 那不是写生，而是按照记忆画的吧。

渡边 是的。千弘还说：“这孩子长得白净，我觉得他适合穿粉色，也想给他穿穿红马甲什么的。可是他太尊敬爸爸了，觉得男人就得像个男人，因此只肯穿灰色和藏青色，别的绝对不肯穿。”

黑柳 现在，阿猛先生也穿粉红色嘛。(笑)

渡边 所以我觉得好玩极了。“绝对不穿女人的颜色”啊。千弘画《月亮几岁了》的时候，说“我要养一只银狐犬”，于是要来了一只叫奇洛的小狗。奇洛长大以后，耳朵变成了浅褐色，千弘说“它好像和隔壁的纪州犬偷情了”。阿猛缠着千弘背他的时候，奇洛会很生气，汪汪叫着在画室里打转。阿猛就笑话它：“奇洛，你又不是妈妈生的！”奇洛特别容易妒忌，总是趴在千弘的画室里。千弘常常叫着“来呀，小白”，喂一只野生的白鸽子食物，奇洛一动不动地盯着看。结果有一天，千弘叹息说“这个奇洛，终于把小白杀死了”。围绕在千弘身边的人，都在争夺她的爱。

黑柳 唉。

渡边 大概是阿猛上小学二年级的时候吧，睡觉前，千弘读书给他听，可是阿猛怎么也不肯睡。千弘急着画画，就回了画室。于是，阿猛拖着被子跟过来，把被子铺在千弘坐的无腿椅子后面，枕头紧贴着椅子放好，睡在那里。真是个黏妈妈的孩子，我还担心过他这样怎么离开父母独立呢。可是阿猛上中学后就离开父母了，千弘只是默默地目送他，并没有难舍难分。不过，有一次阿猛扔下一句赌气话去学校了，结果千弘一整天都没法工作。

黑柳 她虽然经历过“满洲”时代、空袭和其他可怕的事，可本质上还是个容易受伤的人啊。

渡边 千弘曾经担心地说：“如果我进了监狱，恐怕保守不了秘密。我觉得自己忍受不了拷打。要是被抓起来可怎么办啊。看看多喜二全集里面，大家都非常坚定啊。”但我在内心深处认为，如果真的被逮捕了，她是能坚持住的。

黑柳 千弘的丈夫是在一九六七年当选为众议院议员的，

阿猛与千弘
在儿子阿猛的幼年回忆中，
最多的是母亲正在画画的背影

对吧?

渡边 那时千弘已经是不折不扣的著名画家了。

黑柳 当时她的工作情形是怎样的?

渡边 她给我看画桌上的文件箱，说:“这些都是约好的稿件，有的甚至三年前就送来了。我不知道最后会怎样。”人家拜托时说“无论什么时候画出来都可以”的工作更是堆积如山。至光社和我们社还能比较快地得到千弘的画稿。至光社的武市八十雄先生是一位有名的创新者，他们出版社的制版和印刷都非常好，能把千弘画作里的绿色做得最漂亮。他们把画空运到大阪的新日本制版公司，还附上磁带说“请依此制版”，修片人就按照他们的指示操作。由于武市先生能做出千弘想要的效果，千弘对他很着迷。

黑柳 您是从什么时候开始不再和千弘一起工作的?

渡边 一九六八年我丈夫（渡边武先生）当选参议院议员，由于担心他照顾不好自己，我一九七〇年从童心社辞职了。另外还有一个原因是我自己也想画画……

《万叶之歌》（一九七〇年，童心社）是我和千弘合作的最后一本书。当时有个问题是请谁来写书的文稿，千弘正在做《女士》杂志的工作,就说“这位怎么样”。原来是写过《持统天皇》的大原富枝女士。我特别喜欢大原女士写的《阿婉》，所以一听提到大原女士，就赶紧去拜会她。我们对万叶集的急切心情，大概让她哭笑不得吧。她说“请你们选出自己心仪的和歌”，于是我们选了一百一十首左右。她说“在你们选出的和歌之外，加上我选的，就这样来写吧”，于是完成了这本书。

黑柳 千弘去世前，您见过她吗？

渡边 我丈夫在代代木医院住院，隔两个房间就是千弘的病房。我经常过去看她，有时买点冈山的庆典寿司之类。我问她“想吃点什么”，她说“想吃炒荞麦面”，我就带过去。等到一九七四年七月的选举结束之后，我们回到医院，千弘已经谢绝会面了。

黑柳 您一定很悲伤吧。

渡边 我只是把花束放在那里，就回去了。

黑柳 您先生的情况还好吧？

渡边 他不时会因为医嘱停下工作，住进医院。

黑柳 千弘去世已经十五年了，您和她来往了那么长时间，觉得她是什么样的人呢？

渡边 我想，如果不是拥有纯粹可爱的心灵的人，不可能画出那样的画来。

黑柳 关于战争中的事和去“满洲”的经历，她跟您说过吗？

渡边 间或听过一点，能够推知一二。

黑柳 她看上去会为那些事情烦恼吗？

渡边 她和松本先生真的是恩爱夫妻，所以……

黑柳 千弘和您相识的时候，正处在事业上升期，干劲十足，又已经生育了孩子，家庭生活也十分充实，正是一个女人最好的时候啊。

第十四章　努力的艺术家

画家千弘与两位伯乐

前文提到的那些围绕在千弘身边的人，很多都是所谓的左翼人士。现在好像也有很多人不知道千弘是共产党员，她的丈夫更是共产党议员中的实力人物。

从前，当巴勃罗·毕加索加入共产党的时候，全世界的记者都当成大事件，蜂拥到画家跟前。毕加索十分冷静地说了这样一句话："您认为鞋匠会因为入党改变钉鞋的方法吗？"

也就是说，画家不必因为入党改变画风。如果改变了，那艺术就成了政治的附属品。我的艺术并非你们想象的那么不稳定，它要扎实得多——毕加索浅显易懂地说明了这个道理。

能理解千弘的人之多令我意外。正因为千弘的画境中拥有不从属于政治的宽广，她才被那么多人喜爱吧。

从在松本市入党到去世，千弘一直是忠实的党员。但有些人并不在意这个事实，只是单纯地将千弘视为一名画家，称赞她的技艺。

现在，如果提到某个系列的作品，大概有人会惊讶：“啊，那居然是千弘的素描吗？”

战前，我曾经遇到相同的事，后来得知那是素描大家石井鹤三先生的作品，感到大为惊讶。

那是一个叫作“smoca”、面向吸烟人群的牙粉广告，在昭和初期的报纸广告中，绝对是高艺术性的时尚作品。每期广告中央部分都留有一处正方形空白，画着极为娴熟的铅笔素描。

最近，在石井鹤三老师的全集出版之际，当初“smoca”中使用的素描画也从报纸上复制下来，收在附录中，使人们再次体味到六十年前的情趣。

像石井老师为“smoca”画插图一样，千弘的素描画也运用在广告领域。那有可能是广告方——日下田酱油的宣传部长川崎民昌先生的创意。我想，也许川崎先生像我一样，想到了石井鹤三老师的素描画。千弘的广告画是先将身边的市民生活景象速写下来，再由编辑从这些积攒下来的素描画中选出合适的，一一安排，有的放大，有的缩小，将千弘的人物像重新编排成一个大画面。所以，尽管那位设计者的名字已经湮没，但他和千弘一样有非凡的构图能力，使广告清晰地表达出二十世纪五十年代的街头风景。广告描绘了各种类型的人物，读者很容易从中发现自己的形象。我甚至觉得，如果那个广告中用到的素描能以画集的形式再次出版，很可能会出现大正时代早稻田大学的今和次郎教授提倡的“考现学”的情况。

今教授提倡的这门学问来自考古学，只是将“古”替换为现代的“现”，由此可知，这是一门观察和分析当今社会风俗的学问。

千弘大概并不具备那种做学问式的观察力，但她那足以成为该学问研究对象的细致的观察力，却使她真实地速写下那个时代。有赖于此，我们看到了战争刚结束时，一贫如洗的日本市民是如何运用堪称“凑合文化”的可悲智慧生活的景象。

从这个意义上说，日下田酱油的广告不仅对千弘，对我们而言也是留给后世的珍贵礼物。

对千弘甚至她一家来说，日下田广告都是大事，那是他们的收入来源。千弘得到了当时堪称破格的报酬，不仅如此，她好像还曾不顾约定的支付日期，前去讨要稿费。

川崎先生向我描述了千弘牵着幼小的阿猛的手，出现在宣传部时那可怜的样子。

“牵着幼儿的手”是唤起人们恻隐之心的方法。不过，这只是因为阿猛年纪太小，不能单独留在家里，又找不到人来照看他。

此外，丈夫善明先生当时在经济上大概也不宽裕。千弘曾经在好友面前说善明：“那个人总以为钱要多少有多少，我又没有万宝槌……”

这很容易理解，一家人中，大家当然会指望收入最多的那个，出钱的人也并不觉得是被迫作出牺牲，甚至可能觉得为家人付出是快乐的。

何况千弘爱意深厚，即便感到屈辱，也会忍耐着去要钱。她忍不住向好朋友发发牢骚，也正是因为自尊心强，为了钱跟出版社交涉让她分外难堪。

千弘在收入情况好转后，开始给战后一直在信州松本郊外开垦荒地的父母寄钱。父母对千弘的绘画才能一无所知，甚至还压制那种才能，结果反而被千弘从逆境中解救出来。

到了这时，父母神奇地彻底消除了从前在感情上与女儿的对立，转而为女儿的“幸运”或者说努力成果欣喜。

父亲后来罹患与千弘同一系统的病症去世。他留下了一首对女儿表达感谢之情的俳句，“嗟乎吾娇儿，惠赐此重金”。他使用了“赐”这样的敬语，令人不觉莞尔。

千弘再次结婚前，善明的父母曾因千弘“结过婚且比儿子年长”而反对，但与此相反，千弘的父亲却鼓励她“平冢雷鸟、柳原白莲都比丈夫年龄大”。不久后，毕业于东京大学的善明通过了国家考试成为律师，千弘的父亲闻讯大为欣慰。

至于母亲，因为女儿的缘故体验了欧洲旅行，最后还到了女儿家，和女儿住在一起，可以说晚年十分幸福。母亲也为千弘获得国际大奖（一九七三年，千弘因至光社出版的《小鸟飞来的日子》获得博洛尼亚国际儿童图书展插画奖第一名）而欣喜，将女儿视为荣耀。

如今千弘已经超越了“绘本作家”这个狭隘的评价，被视为一位画家、一位历史人物。

千弘已经进入所谓的“专业画家”（在日本被冠以奇怪的称呼“正式画家”）行列，或者说获得了相等的待遇，能在美术馆举办的展览上展出自己的作品。

尽管人们对千弘的评价已渐渐超出以前的范围，但习惯是根深蒂固的。比如说在日本，版画家和摄影家都不被认可为艺术家的一员，这二者都不能成为“日本艺术院”的会员。但若是去巴黎的卢浮宫，我们会惊讶地发现版画家和摄影家的作品堂而皇之地陈列其中。是否有一天，绘本作家也能成为艺术院的会员呢？

千弘的作品如今能被评价为“艺术品”，也是由于有一位伯乐，他就是至光社的武市八十雄先生。

“《下雨天在家里看门》是新绘本的起点”

——与至光社的武市八十雄对谈

武市 我和岩崎（千弘）女士相识，是在一九五七年。那时，我和福音馆书店的松居直商谈过，松居说“我们创作绘本，用它在大海中扬帆吧”。但我和他做同样的事，对读者并不好，所以我们决定分头去做。从一九四九年、一九五〇年开始，有很多画手加入绘本领域，形成了很好的阵容。可是当时的制版太糟糕了，精心画出来的作品被印得面目全非，因此很多画手离开了。岩崎女士、武井武雄老师、初山滋老师他们都在那种不利的条件中历尽艰辛。于是我说“我要努力为制版技术提供后援、建立基础，松居你先行一步吧”。

黑柳 为制版技术建立基础，大致是什么时候的事？

武市 从一九五五年到一九六一年、一九六二年吧。幸运的是，我遇到了新日本制版的社长、后来成为顾问的野村广太郎，他是日本胶版印刷的创始人。我和野村先生商量，决定培养修版员，我那里出版的绘本，版权页上都写上修版员的名字。

黑柳 从事修版工作的人会觉得多么有干劲啊。

武市 当时，“日本制版”和“凸版印刷”本来是大阪制版业的双璧，但后来日本制版被大日本印刷收购了。野村本是日本制版的技术部长兼工厂厂长，他独立出来，在凸版印刷的支持下创立了新日本制版。

黑柳 当时有足够的客户来支撑新公司吗？

武市 在制版方面，野村有许多支持者。就像在法国，毕加索和马蒂斯只去固定的石版印刷工作室一样。都是有支持者存在的。画家小矶就指名要野村的公司来做。

黑柳 哪怕是把绘本送到大阪的公司制版，也要做出精美的书来。我非常理解您这种心情。不过，周围的人也许会吃惊吧？

武市 当时还没有新干线，而且东京也有很多制版公司，所以大家都说我“再好事也该有个限度”。

黑柳 您和千弘是怎么认识的？

武市 并不是什么人介绍的，也没想着非得和这个人合作不可，但心里总有点惦记倒是真的。我就突兀地上门拜访，请她给我看了她的作品，并没有为此去查阅她的经历什么的。

黑柳 您知道她是共产党员吗？

武市 当然不知道。一九五八年开始的十年间是我们的首度合作。那时候是单面印刷，我请她只管“轻松愉快地画”，并说会“尽最大努力制作”。她也说“武市先生那里可以用任何颜色轻松地画”。文章有时是岩崎女士自己写，有时是其他诗人来写。

黑柳 千弘该多么珍惜和您的相遇啊。

武市 一九六二年到一九六三年左右，电视时代即将到来，绘本会怎么样呢？为此，我去欧洲和美国转了一圈。在巴黎有一场绘本制作者的会议，讨论电视可能会取代教育绘本和动画，为此该怎么办……会上有人提出“不做消耗品型绘本，而是制作能成为文化财富的绘本”，听到这样的意见，我很吃惊。因为当时日本还处在“买绘本还是买牛奶糖”的时代，开同学会的时候，大家都说我“一个大男人去做什么绘本”。那次会议的结论是“制作可以保存到孙辈的绘本”。

黑柳 真棒！

武市 我去纽约的时候，苏达女士对我很好。她培养了绘本作家莫里斯·桑达克，同时也是哈珀和罗出版公司总编。她收集了日本各个出版社的绘本，我问她“您觉得日本的绘本怎么样”。她立刻说：“您远道而来，我是应该出于礼仪、把您当客人看待来回答呢，还是说出逆耳之言也没关系呢？”我表示说什么都没关系，她便说“日本的绘本制作很轻松”。也就是说，日本的绘本中看不到“非绘本不可”的意图。如果她只把我当作客人的话，就只会说“很漂亮”。

她还详细地指出，日本绘本的要点在于起承转合，这一点大家都做得很熟练。我很懊恼，一夜没有睡着。回国后，我对岩崎女士说，“如此说来，我们做的东西都不值一提。”岩崎女士说“真像黑船到来[①]一样”。且不说好坏，在此之前，绘本都是和儿童文学混在一起的。所以“非绘本不可”究竟是怎么回事，绘本的制作者并未表示过关心。岩崎女士也说“总之，不去做可不行”。但我们都不知道该怎么做，也没有自信，只能走第三条路。一九六八年春天，她开始创作《下雨天在家里看门》，那是二月份的事。

黑柳 千弘那时四十九岁。

武市 我们把绘画用具装在车上，去了热海的宾馆，在那里闭门创作。因为说好是“练习一下”，也没确定主题，做不出也不算亏。我们管灵感叫“种子”,最后是我播下“种子”的。

到热海后的三个小时里，我们没有做像样的工作。我在房间里午休，打开电视，里面正在播放让－路易斯·巴劳特的《偷偷哭泣》。那是一部老电影，正演到下雨的场景。于是，我给岩崎女士打了电话，问可否到她房间去。我们一聊，她也在看电影，就说到了“雨”这个题目，岩崎女士提出“‘在家里看门’怎么样”。既然有了种子，自然就唰唰地进行下去，三天就完成了。

此前的十年间，岩崎女士很辛苦，只能不情不愿地接受出

---

①指 1853 年美国以炮舰威逼日本打开国门的事件。黑船即钢铁军舰。

版社的要求。因为这一次是练习，所以有时我会问“用粗笔画画看怎么样”，她说“倒是没用过粗笔”，我说“那竖着画画看呢”,“哦,好啊”。就是这么个情形。纸型也选用了适当的尺寸。结果等完成后一看，似乎不够好。但我说“是个绘本了”，岩崎女士说“这样的话，我的力气还没用到四成呢”。她是一位努力而诚实的人,说“请您写上本书是由武市负责的”,我说“我会写上的”。等看到校样的时候，她好像放心了。

当时我觉得这件工作是在做减法，而此前的工作其实都是在做加法，不断地把出版社和作家的要求加进去，不能毅然地把它们减掉。

（看着绘本《下雨天在家里看门》）这张跨页是一个气球。我们曾经试过加进去一个女孩之类的,结果变成了单纯的插图。于是我们用自来水洗掉颜料。当时我们的想法是，实验嘛，就算失败了,画稿作废也不算亏。所以最后把画纸弄得烂乎乎的。

开始我们还等画纸自然风干，后来发现阿猛把吹风机带来了，就擅自拿来用。岩崎女士说“他大发脾气”。不知不觉中，阿猛也成了青年人。

黑柳《下雨天在家里看门》出版于一九六八年，是新绘本的起点吧？

武市 是的。接下来是《宝宝到来的日子》。岩崎女士和我都狂热地喜爱棒球。岩崎女士是早稻田的支持者，而我是庆应的，所以我们在同一时间看早庆大战。我们做绘本的时候，会说些“这次发个近身球”,“正中央低位即可,闭上眼睛画就行”,或者“接下来是外侧球，避让一下”之类的话。

黑柳 真是奇妙的缘分啊。

第十五章　天才与家庭

在大家庭的重压下

千弘没有绘画方面的学历，她是自己开拓出一切道路，成长为日本乃至世界性的画家。

我是从一位日本女性的自立这个视点来追寻千弘生平经历的。既然是女性，就存在一个大问题：家庭。已经绽放出艺术家的绚丽花朵，结婚后便为了家庭放弃艺术，这样的女性层出不穷。与我相关的戏剧界中尤其有个引人注目的现象，女演员恋爱后面临着结婚问题，很多人最终选择了家庭，放弃演员生活。

观察一下那些人此后的生活，就会发现婚后随之而来的抚养孩子的问题，迫使她们做出了许多牺牲。

千弘是与松本善明这位理解女性自立的共产党员结婚的，因此应该能过上理想的生活。理论上是这样，但一旦进入现实，却很难实现。不论悲剧还是喜剧，都源于这样的人生。

直到学生时代结束，千弘的生活看上去都很幸福，结婚后却遭遇了丈夫自杀这样重大的不幸。她重新振作起来时，正逢战败，脱离了父母的压力，才独立出来得到自由，第一次发挥自己的绘画才能，成为大众喜爱的画家。随后，她找到了结婚对象，纯粹按自己的愿意结婚，拥有了家庭——如果这么写，这将是一个关于成功的故事，作为女性解放的历史，值得大书特书。

但我至少在写传记的时候，希望能稍微深入一些，触及千弘内心深处的东西。

所以，我向几十位千弘身边的人询问他们对千弘的印象。每个人都异口同声地说她“异常温柔”。

我曾经在左翼人士组织的儿童画家团体“车”的画展上，由老朋友土方重巳先生（我终生的合作伙伴，我的儿童类创作全部仰仗他的帮助，是我最好的朋友）介绍，与千弘寒暄过，但那只是单纯的客套，并没有正式交谈。说起当时的印象，她只是一位彬彬有礼、低调内敛的中年女子。

土方先生也只是在千弘去世后，说过一句“一开始我还以为她是女学生，没想到已经结婚了”。他并没有说起过千弘的为人。

对人们所说的“极其温柔”，我本不想表示异议。千弘的独子阿猛也说：“母亲非常温和，一次也没有训斥过我。”

而且，千弘从学生时代起一直保持着温和的性格，所以校友们才在毕业纪念册上写上“温顺”、“单纯”等留言。

不过，读到这里的人，应该会认同她在温顺的性格中，还潜藏着某种坚强的东西。

从她在第一次结婚后坚持保持纯洁之身，我看到了她强烈的意志。她决定就算做“住家女佣”也要去东京时，尽管想法实在过于天真，但作为一名深闺女子，也隐藏着坚韧之处。

不过那种坚强并未作用在性格的正面，莫如说在内部产生了作用，所以从表面上看，人们大概觉得千弘只不过是孩子的慈母、丈夫顺从的妻子。

千弘并没有和孩子签订契约书，却像那些觉醒的女性那样，和丈夫签订了一份契约书。那是仅限两人可见的日记本上开头的文章，在千弘去世后得以发表。

文章上有夫妻的联合署名，还摁了指印，很是郑重。署名从笔迹上判断应是千弘的手迹，松本善明的署名也明显是千弘所写。所以，指印可能是丈夫根据千弘的要求在上面摁的。这里如实地体现出了千弘的一心一意。

读一读千弘的《我的爱之记录》，会发现那是在契约书的五条誓约的基础上形成的。这五条誓约摘录如下：

一、为了人类的进步紧密结合在一起，奋斗到最后。

二、健康地生活。

三、尊重彼此的立场，尤其是尊重身为艺术家的妻子的立场。

四、实施建设性的财务计划。

五、每周六检视以上诸条。

第一条誓约的确非常像年轻党员的志愿书。

我特别关注第三条的后半部分——“尤其是尊重身为艺术家的妻子的立场”。丈夫善明是否遵守了这一条？这一条誓约位于契约书中央，而且花了两行来书写，让我产生了强烈的关心。据千弘的独子阿猛所言，千弘的画室除了家人之外，只有她喜欢的编辑可以进入，是一个“圣地”。那可能是出于千弘的愿望，希望自己艺术家的世界不要被家庭事务扰乱。这个规则基本得到了严格的遵守，可是不难想象一旦成为主妇，这是很容易被破坏的。

我自己是剧作家，认识很多同时身兼演员与主妇的女子，但能处理二者关系的人很少。即便起初看上去比较顺利，但女人会逐渐因为疲劳变得心情糟糕，夫妻便发生争吵，很多人不幸地分手了。我问过那样的女性，她诉说道，“刚开始他还肯帮忙，渐渐就变成旧式的甩手掌柜了。”而如果像我的母亲和妻子那样，一开始就放弃了女性自立，忍耐丈夫的专横，夫妻关系就能长久维持下去。这绝不是什么好事，尽管它对男人来说确实很方便。现在的社会仍然以男性为中心，女性的自立似乎还需要等待时日。

千弘与丈夫订立了誓约，埋首于画室这个只属于自己的世界中，似乎过着不受家庭烦扰的生活。但是我想，千弘对丈夫的爱恐怕依然阻碍了她的艺术发展。

看上去，千弘似乎理想地履行着主妇与艺术家的双重职责，其实未必称得上多么理想。

家里雇用了两个保姆，虽然帮手增加了，但“费心思”的事也许反而伤害了艺术家纤细的神经。

丈夫这时已在众议院议员的选举中胜出，成为极其繁忙的政治家。千弘又将半身不遂的母亲也接来了。再加上丈夫的母亲、两位保姆和保姆上小学的女儿，这就成了一个八口人的大家庭。

从现代社会的家庭结构无法想象的重担，压在了艺术家的双肩上。此时千弘已经不折不扣地确立了儿童画界第一人的地位。她要一边完成数不清的工作，一边在错综复杂的家庭关系中承担主妇之责，妥善安排家事，还要面对独子阿猛的升学问题。

仅仅想象一下这种家庭重担，像我这样意志薄弱的人就想赶紧逃走，但千弘一直忍耐下来。在这样令人同情的境遇中，她出于对丈夫的爱，默默地坚持着。

若是普通的凡俗之人，难保不会歇斯底里，千弘却绝不会把不快形之于外。

这种状态一定会影响到胃或消化道。在我看来，大脑是与胃直接相连的，人有烦恼忧愁就吃不下饭，便明显地体现出了这一点。

千弘最终患上了消化系统的病症。但是，周围的人都没有注意到。社会追赶着这位难得一见的天才，催促她“多画一些，再多画一些”。

“她说自己的画是靠劲头取胜”

——与千弘的儿子松本猛和儿媳由理子对谈

黑柳 千弘于一九七四年去世，到今年八月八日已经十五年，如果她还活着，就七十岁了。千弘是在五十五岁的盛年去世的。身为画家、母亲和妻子，她是怎样安排生活的？

猛 那真是太不容易了。

由理子 一九六九年文江外祖母（千弘的母亲）病倒了，于是在第二年，也就是一九七〇年把她接了过来。

猛 为此我们加盖房子，雇了专门的保姆来照顾外祖母，我的祖母也住在一起，非常不容易。

由理子 另外，善明先生在一九六七年第一次当选了众议院议员。

黑柳 千弘自己的工作也多极了。这种时候，她会说“不容易，不容易”之类的话吗？

猛 她不怎么说。

黑柳 感觉千弘去世前五年的生活就像战场。听说阿猛有段时间没能成功升学，您母亲很担心吧。

猛 我觉得正是我那两年升学失败，缩短了母亲的寿命。

黑柳 您在第三年考取了艺术大学（艺术专业），那时您母亲是什么反应？

猛 此前早稻田大学的教育系已经录取我了。母亲比我早去看发榜，我回家告诉她“我被录取了”，她说“已经知道啦”。那时母亲的表情比任何时候都欣喜。当然考取艺术大学的时候她也为我高兴。她的胃痛好像就是从我升学考试那会儿开始的。

黑柳 不管内心多么坚强，那种压力毕竟不同寻常，因为每天都要那样生活。

猛 我第二次升学失败的时候，忘记是谁写的了，反正有一首“悲伤的春天”之类的诗，母亲说“我太理解那首诗了”。那次我们好像谈了很久。

黑柳 您的父亲毕业于东京大学。那么您祖父母的职业是什么？

由理子 祖父在法律出版社工作。不过听说他是从学徒做起白手起家的。他们希望孩子取得最高学历，便把孩子送进私立小学……母亲有那么关注教育的婆婆，自己的母亲也是教育者，她一定深深地感觉到了她们那种“都是你没有教育好”的眼神。

黑柳 千弘的工作那么多，却没有经纪人，完全靠自己一个人打理……把千弘单纯作为一个女人来评价应该很难，但一般而言，在旁人看来，她是怎样的女性？

猛 我上大学时觉得母亲是“大正时代的女人”。她的思想虽然有革新性，但行为举止还是旧式的。比如有了闲暇她就给拉门换上新纸，在黑姬的山庄也是一个劲地扫除，没有闲着的时候。母亲到底是被外祖母教养出来的啊。在忙碌的间隙中，哪怕有一点时间，她也会集中精力工作，从这个意义来说，母亲是了不起的人。她在工作上的自尊心很强，如果没有这种所谓的道德意识，她应该会自由得多。我想，有部分原因可能是母亲经过以前的丈夫自杀等事件后，变得严于律己。这种压力是存在的。相反，她的画却走向更加新颖自由的方向。

黑柳 阿猛和由理子都是艺术大学毕业，二位是怎样在学校里相识的？

由理子 我是年纪小的学姐（笑），学的是乐理专业。

猛 她是系里学生自治会的委员长，我也有各种各样的活动，因此认识的。大概是大二的事吧，一见面就……过了三个月我就求婚了。每天都写信、打电话。

由理子 我倒是吓了一跳。毕竟是一个二年级的男孩忽然说“我们结婚吧”。我想，这个人是怎么生活的啊。

黑柳 那时候，您知道“岩崎千弘”吗？

1972 年春天，一家团圆的千弘

由理子 不知道。我在金泽长大，虽然也看了很多书，但没怎么看过绘本。我成长于大学教师家庭，父亲认为革新统一很重要。

有一次他忽然对我说“到我家来玩吧？我家里有冷气”。比起去图书馆，去有冷气的地方玩玩也不错，我就去了。他带我进了母亲的画室。千弘女士很吃惊，马上给在国会的善明先生打了电话，说“出去吃饭吧”，开车带我去青山那边的餐馆，随后善明先生也去了。

黑柳 关于由理子，千弘说什么了吗？

猛 母亲说“我有点担心，她看起来比较好强，但人不错”。(笑)

由理子 然后，九月的时候我答应了阿猛，我的父母来到这边，双方父母见了面。

猛 当时是母亲亲手做的全套西餐，母亲擅长做法式正餐。她还会斟酌这次的汤从什么原料中取底料。

黑柳 哎，那时候您父亲已经知道她患癌症的事了吗？

猛 不，还不知道。之后很快就知道了。我是在十二月才被父亲告知的。说是肝癌，没法动手术，不会有多长时间了。父亲说“你母亲死后，至少一年内你是不能结婚的”，所以决定“既然这样，就在病房里结婚吧”。当时母亲知道自己将不久于人世，说“总之让我看到你们结婚”。我们是六月一日结婚的，母亲八月八日去世。

黑柳 参加婚礼的都有哪些人？

由理子 只有双方父母和几位亲戚。我们是人前结婚[1]，所以善明先生的弟弟、弟妹担任证婚人，仅此而已。

黑柳 那时候您母亲还能坐起来吗？

猛 把枕头垫在背后坐着。如果需要出去一下，母亲还能走几步。那时情形还不错。由理子穿的是白棉布的中长婚纱。

由理子 她说“阿猛是个温和的孩子，绝不会让你不幸福的”，还说“这孩子虽然有点麻烦，但即便我死了，他也有很多朋友。我从小就培养他要多交朋友”。

黑柳 我要落泪了，好难过。千弘住院后还画画吗？

猛 不画了。此前她只为连载《孩子的幸福》画封面。最后一期是八月号，所以应该是六月份画的。我推测母亲可能会把婴儿的画修改一下登出，就把画拿了过去，母亲说“那么，把笔和调色盘拿来吧”，然后倚在床上画完。

由理子 她最后说“我已经不担心阿猛了，但是担心你们的爸爸”。

黑柳 她看上去恐惧吗？

由理子 最后的时刻，正好轮到我看护她，听到她说“难受，难受，我不想……”，我觉得她是要说“我不想死”。那是她心

①指在证婚人、亲友出席下进行的结婚典礼，与举行宗教仪式的神前结婚不同。

脏停止跳动的前夕。

黑柳 大家觉得千弘的画很温柔，所以作画时不需要体力。可是我觉得，她画中那种一气呵成的气势，如果没有体力是无法做到的。

猛 母亲曾经说过自己的画是“靠劲头取胜的”。虽然表面上看不太出来，但像画一条线的时候，就要将力量集中在那一瞬间。她后期的作品几乎都是一挥而就的。如果把两张画中孩子的脸重叠起来，可以发现她能画出两幅完全相同的画。

黑柳 已经炉火纯青了啊。这当然是努力的结果，而且我觉得千弘天生就擅长绘画。她上小学时，不是已经在文艺会上表演了吗。鞠个躬说“我来画画”，然后在舞台上即席作画。

猛 她总是拿着滑石在路上画着玩，到吃饭的时候，顺着滑石画找去，她准在那儿。

黑柳 小时候的画被空袭烧毁了，真可惜。千弘画的婴儿，甚至能区分出是十个月还是一岁大，这大概是因为身边有阿猛这样的模特吧。

猛 一九六七年母亲在做岩波书店《育儿百科》的工作时，每个月份的婴儿都得画几百张图，据说她去保育园取材，应该从中学到了很多。

黑柳 现在您两位有四个孩子，每个孩子都和千弘的画一模一样。您一定想让千弘看看孩子们吧。

猛 真是遗憾。但如果母亲和他们一起玩起来，也许就没法工作了。她实在太喜欢孩子了。

黑柳 您还记得小时候给母亲当模特的事吗？

猛 画日下田酱油广告的事，我记得比较清楚。我喜欢吃荞麦面，荞麦面放进小碟子里，很不容易夹断，对吧。小孩子嘛，就会挑着面条站起来去蘸汤汁。我正这么干的时候，母亲说："停！先不要动——"

黑柳 荞麦面是您母亲做的吗？

猛 我们家不做荞麦面，但乌冬面都是自己做的，母亲曾经教过我。母亲做的油豆腐清汤面特别讲究。她给我看怎样在一瞬间取到汤汁底料，还得意扬扬地说"只有油豆腐清汤面，我做的绝对比任何面馆的都好吃"。

由理子 做饭前的准备比较麻烦，由于还有画画的工作要做，有时她也请保姆帮忙。善明先生说"做饭的关键地方全是千弘把关"，否则就无法保持这个家的饭菜味道，或者说饮食文化。

猛 母亲曾经说"我要花些时间教会保姆这种风味"。

由理子 做细面条的时候，她还取来枫叶放进去……

猛 她还讲究放到什么样的器皿里。其实家里也不是多么富裕，却有些上好的器皿。

黑柳 对了，不是有这样的事嘛，战争最激烈的时候，甩卖英国人被扣押的财产，她还买了两个椭圆形的大盘子。

猛 她说过“真的是极好的东西，却被全家人嫌弃”，一副非常遗憾的样子。

黑柳 这样很可爱啊。说到可爱，她会在看到小孩子爬树时说“我也爬爬看”,然后一起爬起树来。她觉得那样很有意思。

猛 我骑摩托车那会儿，还以为母亲会因为太危险阻止我，很意外，她竟没有阻拦。和母亲一起旅行是很有趣的，她会说“我们走走野路吧”，就进入没有道路的灌木丛里。她也有奔放的一面。

黑柳 千弘的母亲教育她“女人必须谨慎”，千弘并没有越过那个界线,或许她也不想越界……只有和阿猛在一起的时候，她才做出些天真烂漫的举动吧。她的体格是怎样的?

猛 大概一米五四。身形比较小巧，不过很结实。

黑柳 声音呢?

猛 您这么一问，我真的是忽然记起来了。母亲的声音一瞬间回响起来，那是柔和的女中音。

黑柳 您看到母亲的画，觉得很棒吧。

猛 是的。看看画集的封面,那幅画仔细想想会觉得很奇怪，应该画头发的地方是空白，但即便如此，也看不见后面的景象，所以不会让人感觉奇怪。这种构思是从哪儿来的呢？还有，画婴儿肌肤时的“没骨”技法也很了不起。

黑柳 千弘有些画中，脸部轮廓是用线条描出来的，但有些真的是一笔画成，没有轮廓，靠的是颜色的渗透。那种技法……

猛 我直接看过，所以知道那是什么技法。

黑柳 来美术馆的人都有什么感想？

猛 看到婴儿的画，会说“像哪个宝宝”、“跟谁一模一样”，把自己代入进去来看。放在图书室旁边的“三言两语”留言簿已经有两百多本，上面写满了各种各样的话。有的说“我打掉了孩子，但绝不会再有第二次”，有的说“我和妈妈吵架了，所以今天到这里来”，等等。

黑柳 大家看到这样的画，都获得了平静……看到了纯粹的东西，就会这样。

由理子 那些留言编辑成书了，书名是《给岩崎千弘的信》。

黑柳 如果千弘还活着，她会怎么看待美术馆呢？

猛 如果她还活着，应该会继续做更多的工作吧。建立美术馆的话，她大概也只肯展出自己认可的作品。她会害羞地说“这些没画好，不用了吧”。

黑柳 您认为千弘是去世后才被认可的吗？

猛 我想，在绘本界，她生前就得到了认可。

由理子 不过她大概没想到会被美术评论家探讨。

猛 完全没有想到。而且，母亲虽然对自己的画有信心，但她没等到社会客观评价她的力量，就去世了。

黑柳 自古以来，绝大部分真正的艺术家都是这样。

第十六章 “母性”画家岩崎千弘

对“大陆新娘”与遗留孤儿的补偿之心

终于到了最后一章。就在要动笔之际，传来一个重大消息，从一九八九年八月到一九九〇年二月，由《读卖新闻》主办的“从名作看世界上的孩子”将在各个县的美术馆巡回展出。宣传语上说，预定展出的画家有“毕加索、高更、雷诺阿、安井曾太郎、小林古径、横山大观、竹久梦二、永濑义郎、岩崎千弘”等。

一望可知，这些画家入选，是因为他们都画儿童主题的作品。人们大概不太熟悉永濑义郎吧，我也想不起永濑有以儿童为主题的作品。

毕加索以爱子为模特的作品非常多，多到选择起来要颇费一番力气。高更在塔希提岛的作品中也有这个题材。雷诺阿画下了爱子的模样，甚至还创作了雕塑“可可”。安井曾太郎有以爱女为模特的杰作。小林古径有何种构图的作品我倒是没有印象。横山大观有幅画名为《无邪》，描绘的是昔日风土人情中的孩子们，他晚年的大屏风画《虫音》中也有孩子的形象。

此外就是梦二和千弘了，这两位都是喜好小孩子主题的画家。值得注意的是，这些画家都是男性，只有千弘一人是女性。

我想，与其说“女性”，不如说“母性”更恰当。在亲子关系上，父亲和母亲并没有区别，但母亲十月怀胎的感觉，却是父亲无法想象的。这种独特的感觉洋溢在千弘作品中的孩子身上，使她的作品必然与众多男画家描绘儿童的作品不同，可以从中看出独到之处。即便诸位看惯了千弘的个人展览，这场“从名作看世界上的孩子”依然是比较和讨论千弘这位女画家与男画家作品区别的最便捷的机会。

我并不想以男女论画作，但始终相信，二者在“母性”上一定存在某些差异。

千弘能够代表儿童画领域入选号称“世界名作”的展览，实乃一大喜事。我对此前那种轻率无理的区别对待，一直感到矛盾重重，对上述画展的计划深表赞同。

在多次个人画展上，千弘已经创下了令人惊异的纪录。

最近，地方自治团体纷纷建立美术馆，甚至有超越法国的势头。但比起美术馆规模和巨额建设费用来，我更吃惊于企划方案的贫乏。县立美术馆争相建造堂皇的馆舍，可是说到作品陈列其中的理由，仅仅是因为画家出生于那片土地。那些画家的作品毫无特点、平平凡凡、没有才华闪耀，寂寞地排列着。来美术馆的人寥寥可数，明确显示出本地民众的失望。这样的例子屡见不鲜。

另一种常见的情况是，那些被称为名家巨匠的人为了不让作品在自己去世后散佚，拿出赚到的金钱，预存了巨额的维修保养费用，建立了个人美术馆。可悲的是，这样的做法还没有成功的例子。我不一一列举名字了。只是时常听到消息说，随着时间流逝，美术馆无法维持，甚至到了漏雨也无钱修缮的可怜地步，最终只得仰仗自治团体所在的区或市帮助。

较为妥当的说法是，画家无法仅凭想象得知自己去世后经济形势的变化。物价的上涨远远超过了预期，依靠预存金钱的利息，无论如何也凑不够维修保养费用。

而千弘留下的财产则是众多出版物，其著作权产生利益，与产生利息的资产起到相同的作用。

千弘作为主要倡导者之一，成功地与出版社签订合约，规定出版社在使用完儿童画的原作后，一定要把它还给原作者。这一合约得到了严格执行，所以现在千弘美术馆中保存着八千多幅原画。

我就任千弘美术馆的馆长之前，主要是在各地商场中建立展览场地，匆匆忙忙地制作木制壁画，在恶劣的条件下到各地巡回展出千弘的遗作。

在我的记忆中，福井县立美术馆首次帮我们举办了千弘的个人画展，参观人数据说超过了举办罗丹画展时的人数。接下来，大丸博物馆也举办了千弘画展，参观人数同样略微超过了该博物馆花费巨资举办的毕加索画展。此后我甚至有好几次听说，“千弘画展”创下了举办方美术馆有史以来参观人数的最高纪录。

千弘生前大概没有想到会有这么多人来看自己的作品。她自始至终都是一位谦逊的画家，以喜悦的心情来画自己喜爱的画，从没有违背心意去画不喜欢的东西。

我觉得，千弘内心深处也许一直介怀父母是战争协助者或者说推进者，因此感受到了巨大的责任。当然，这是我的随意揣测。

有人会举出千弘使第一任丈夫陷入自杀境地，但相比之下，我更多地想到了中国那些遗留孤儿的身影，战争的余波至今仍然令人心情暗淡。

有的孤儿幸而能在四十年后与父母和亲人相见，看到重逢的场景，大概没有人不潸然落泪。当初正是千弘的母亲做先导，在太阳旗与《君之代》的高歌中发出了“努力生育”的号令，作为女子青年团的主管向全国发出号召，将少女们带到中国。那些可悲的孤儿正是少女们描绘着对未来的梦想生育的子孙。军人们的话充满欺骗的粉饰，但对贫困农村中众多三餐不继的人们来说，却是天降的福音。年轻的少女们被野心勃勃的军人巧言欺骗，为了当新娘渡海而来，想到满蒙腹地与苏联边境寻求新天地。

由于这个原因，千弘得以进行那趟奢华的中国之旅。无知导致的行为莫过于此了。不过战败后，随着历史真相清晰地呈现在眼前，千弘一定会为父母留下的深重罪孽而战栗，深切地进行反省。

那种想补偿的心情一定令千弘痛悔不已，终生无法忘怀。

千弘去世后，每当我听到人们悼念她、称赞她那纯良和平的生活态度，就不禁感受到千弘的补偿之心。如果千弘再多活些岁月，她一定会继续怀着这种补偿的心情，直到把它带进坟墓。

“我们结婚后，有一段时间分居两处”

——与千弘的丈夫松本善明对谈

黑柳 您第一次见到千弘时的印象是怎样的?

松本 她穿着白色罩衫，留着娃娃头，像一个学画的学生。那是一次共产党支部会议，大概有六七个人，她坐在我斜对面。自我介绍的时候，她腼腆地点头致意，说“我是岩崎千弘，是个画画的”。她看上去只有二十岁上下，我那时二十三岁，以为她肯定比我小。其实那时她三十岁了。

黑柳 千弘比您年长八岁吧。

松本 七岁半。她要求我说准确。(笑)

黑柳 现在很流行姐弟恋，但出生于大正时代的千弘还是有点介意吧?

松本 据说她父亲鼓励她“平冢雷鸟和柳原白莲都比她们的丈夫大”。后来她听说马克思和恩格斯都比妻子年龄小，感到很高兴。我们认识两个月后，她说“宫本百合子的丈夫宫本显治比她年纪小”，我把这句话理解为结婚的暗示，于是认真考虑起来。后来我找机会问她“你觉得我怎么样”，意思是想要求婚。她立刻领会到了，吃了一惊，说“总之今天请你先回去吧”，把我打发回去了。过了四五天，有个纪念十月革命的集会，我走到神田的共立礼堂门口，看到千弘站在那里。她戴着黑色窄檐圆帽，清秀动人。这时她对我说：“上次的事可以，日后请多关照。”就这样回复了我的求婚。

黑柳 那之前，您和千弘的交往情况是怎样的？

松本 一句话来说就是言语投机。彼此之间的感觉，比喜欢要更进一步。

黑柳 那是一种精神上的感觉吧？

松本 没错。我们结婚后，有一段时间分居两处。住的地方相隔十分钟路程，常常是在一个人的房间里说完话，送另一个人回去，结果在那边又说个没完，“那么，我再送你回去吧。”千弘住的钣金店的老板娘看不下去了，说“您过来一起住也没关系”。于是我们住到了一起。

黑柳 关于上一次婚姻，千弘没说过什么吗？

松本 只要千弘不提，我就不触碰过去的事。她只是在结婚前告诉我“以前的丈夫自杀了”，后来就再没说过。是饭泽老师经过调查，将这件事写入本书，我才知道详细情况。

黑柳 您和千弘在钣金店的二楼举行了只有两个人的鲜花

婚礼，千弘在《我的绘本》中是这样描述的：

“这间朝北的屋子只有六叠大小，墙壁也已经褪色。可是如今它焕然一新，变得如此华美灿烂。我把一千元巨款全部买了鲜花。今天是我的婚礼。另外还有一瓶葡萄酒和两个漂亮的高脚杯。这是四面楚歌中的只有我们两个人的婚礼。”

这里的“四面楚歌”是说……

松本 我的父母一开始反对这门婚事。千弘在户籍上是再婚，而且比我年长，我知道他们不会赞成我和千弘结婚，所以把她带到宝冢的父母家，对他们说“如果不承认我们的婚事，我就回东京”。父母无可奈何，说“那么，我们也没办法”。于是就那样了。

黑柳 那时您已经决定要做律师了？

松本 我打算做律师是在此之后。我们结婚后不久，共产党受到麦克阿瑟的压制，说是要“清洗赤色”。那时发生了三鹰事件、松川事件等，再加上共产党情报局对日本共产党的批判和干涉，党内产生了分裂与混乱。虽然没有明文卸任，但我实际上被终止了国会事务局的秘书工作。我学习、思考，烦恼了就读书和文献，无法入眠，在狭窄的屋子里像熊一样转来转去。千弘看到我这个样子，担心我的健康，于是拉我去信州的山里，也就是白骨温泉。那成了我们的新婚旅行。此后我和千弘商量，开始准备司法考试，以后做律师，先由她一个人支撑生活。

黑柳 结婚后，您和千弘定了五条誓约，是谁先提出来的？笔迹是千弘的。

松本 忘记是谁先提出来的了。我们两人署名的那份丢了，所以千弘重新把它写在笔记本上。

黑柳 “每周六检视以上诸条”，这一条做到了吗？

松本 没怎么坚持下去。（笑）

黑柳 “实行建设性的财务计划”是什么意思？

松本 就是不要大手大脚地花钱。（笑）我们俩都喜欢吃好吃的东西，话是这么说，但那时候便宜的拉面也算是“好吃的”。我的薪水如果喝点酒、吸点烟，就会入不敷出。她的收入大约是我的三倍。

黑柳 我印象很深的是，您回老家期间，千弘曾在日记里写道“我一定是被抛弃了”，因为您没有来信，她深为苦恼。

松本 我看到她的日记是在很久之后了。当时只回去一个星期，所以我做梦也没想到千弘会那么担心。千弘好像在结婚前就做好了心理准备，说：“因为我年纪大，婚姻能维持半年就行。如果有了孩子，只要把孩子给我，分手也可以。”写那篇日记的时候，正好是结婚半年后。我去了父母那里，她一定以为父母劝说我“离婚吧”。

黑柳 后来，千弘也在日记里写了自己怎么会为那样的事情担忧。这是已经公开的日记，稍微介绍一下大概也没关系。看了

1950 年 7 月 21 日，新婚的松本善明和千弘

这则日记，感觉与您口中千弘极为安静的形象差别挺大的……

一九五〇年七月一日 星期六 晴

（前略）啊，这一个星期我食不下咽地苦苦烦恼，是多么愚蠢啊。他寄来了多么棒的信！有一封信邮资不足，我从来没有这么欢喜地付过邮资。我的丈夫以革命家的堂皇态度，写了那样有男子汉气概的信。我反反复复地看了一遍又一遍。男人为什么是这样的理论家呢？我却这么感性，真是完全相反。这就是艺术家和学者的差别吧？不过，这种差别让我喜悦。他把我缺少的那一面给了我。啊，善明，我最爱的丈夫。

我得工作了。工作已经堆积如山，房间一个星期没有打扫了，行李箱也没有整理。我一定是疯了。这真是令人羞耻的脾性。我要变坚强，变勤奋。好啦，快点工作吧！我爱的善明。

天色晚了。洗了个澡，这种清清爽爽的感觉多么美妙。今天的午饭和晚饭都是拿着现金出去吃的。我要画漂亮的画。（后略）

黑柳 千弘与您相识的时候，在画什么样的画？

松本 她用油彩在画布上画，也画《健康会议》的封面图之类。那些画不怎么可爱。

黑柳 您是在什么时候认识到了千弘的天才？

松本 她在世的时候我并没有认识到。我本来的想法是人只要努力，什么都能做成。看了她画画，我才意识到可能确实有“才华”这种东西。她用左手画画，不需要反复描线稿，而是毫不踌躇地一气呵成。画日下田酱油的广告时，也是一挥而就，立刻交稿。我对她的每幅画都只能是佩服，并没有评价的能力，所以没说过什么特别的话。现在想来，也许她希望得到赞美。

黑柳 听说千弘在情绪低落的时候，会和您深谈……

松本 是的，但我们没说过画的事。用她的话说，我们说的是“模糊的大话题”。比如人生怎样度过，自己在历史中的位置与使命等。

黑柳 您二位在生活中好像时常小别。

松本 因为两个人在一起的时间少，所以相聚的时间更觉得珍贵。我曾经在出差的时候，收到过她的电报，说“热海酒店等你，千弘”，就在回来时坐新干线绕道热海。

黑柳 千弘的身体原本很健康吗？

松本 非常健康。她早晨醒来后很精神，一直到患上不治之症前都是。在患癌症前，她患过十二指肠溃疡，曾定期去医生那里检查，但没有发现癌。直到做针灸的时候，医生说她肝脏有肿块，才发现了癌症。医生说“如果手术的话百分之九十九会死，不手术反而能再活一段时间”。不过也只活了半年。

黑柳 您一定很悲伤吧。

松本 我流泪了……

黑柳 患上癌症的事情一直对千弘保密。不过，您曾送给千弘一枚锆石戒指，虽然不是多么贵重，但她一直非常爱惜，听说有一次她在医院的病床上自言自语，“我要把这个带走。”她还是感觉到什么了吧。真是太可怜了。

松本 真希望她有机会再做些艺术家的工作。到了我现在这个年龄，心情悠闲下来，有很多事都可以去做，可惜啊。当时，我第三次当选国会议员，担任在野党第二大党的国会对策委员会会长，千弘也获得了国际奖项，工作极为忙碌。那正是我们俩要闯入未知领域的时刻，她却猝然离世。我们的婚姻共二十五年。

黑柳 我采访了这么多人，却总也无法捕捉到最真实的千弘。她哭过吗？

松本 那倒没有。

黑柳 没有？！但不知为什么，我也觉得好像是这样……她真的不哭吗？

松本 我们的儿子阿猛有一次撒谎了，据说那时千弘眼里含着泪，差不多就这种程度吧。她不是那种看电影或电视剧会哭的人。至于可怕的电影之类，她根本不看。

黑柳 没有看电影看哭过……是因为过于感性，所以索性不去接近会扰乱自己的东西吗？

松本 她不会得意忘形、吵吵嚷嚷，也不会抱怨我，我们没有吵过架。家务的负担都压在千弘身上。有一天晚上，她埋怨我“都是你的错”，我说“我一早出去，晚上才回来，为什么是我的错”，她就笑了。现在想来，也许千弘想对男性社会加给她的负担说点什么，但用了那样的形式。

黑柳 没有抱怨不休，而是笑了。真温柔啊。不会过分地高兴，也不吵吵嚷嚷……这些地方很成熟。

松本 不过，阿猛升入中学的时候，老师说“这所中学没有制服，因为心灵的问题不是依靠形式来强加于人的”，当时满场的人之中，千弘说“只有我一个人啪啪地鼓掌”。她也有这样刚强的一面。

黑柳 听说千弘很擅长运动？

松本 好像从小就擅长爬树。她曾经是游泳运动员，我们一起游泳时，速度几乎相同。

黑柳 太让人吃惊了。您在海军受过游泳训练，对吧？

松本 结婚前，她参加过松本市游泳馆举办的游泳大赛，得了一等奖。还有一次，她到神田的二手店买了一副后半部分有裂缝的越野滑雪板，又给我买了一副虽然便宜但全新的，我们一起去北阿尔卑斯[1]的前山滑雪。她说想让我看看信州的雪山。她也确实擅长滑雪，好像运动神经比较发达。她特别喜欢棒球，甚至还记了一本比赛成绩册。本质上，她是个运动女性。

黑柳 千弘还有为绘画的著作权问题战斗的刚强一面，把自己的画留在自己手中，这一点很了不起。因此我们现在才能看到原作。

松本 童美联（日本儿童出版美术家联盟）创立的契机就是著作权问题。一开始大概有十人加入，因为如果不具备一定程度的力量，无法和出版社交涉。有了力量，才能努力争取权利。即便大出版社不再约稿，大家也能生活下去。那是以妇女解放运动的形式进行的，虽然没有提出男女平等，但以自己的力量为女性地位上升做出了贡献。

黑柳 千弘五十五岁去世，留下了八千多幅画。不知有多少人从她的画中得到了安慰。完成这些作品的人，如果心里没有一个战场，是做不到这些的。

松本 她常对孩子说："莫扎特留下了美好的音乐，所以不管他是怎样的人，都可以谅解。"

黑柳 阿猛说千弘是非常复杂的人。

松本 既然是人，在生命中就有各种各样的感受。她把污

---

①指日本本州中部山脉。

垢全部消灭在内心，像蚕吐丝一样仅仅把美丽的东西释放出来。她有这样的一面。

黑柳 我没有见过千弘，一开始以为她是个天真烂漫、单纯可爱的人。不过听了诸位的话，我渐渐弄不懂了。如果有演员来饰演千弘，该怎么处理呢？她生来是那样复杂的人，表演只会让这种复杂与演员自身的体验重合起来，变得更加复杂化。真想见见千弘啊，太遗憾了。听说千弘还在病床上说“下次不画约稿，要画无欲的作品”……

松本 至光社出版的书，还有《战火中的孩子们》等作品，基本是根据她自己的意愿画的。不过我想，她的话应该还有别的意思，大概是不愿仅仅重复此前的作品吧。离开出版，画自己的作品。面对死亡的时候，在病床上重新深刻地思索绘画、人生和家人，或许这才是“无欲的作品”的意思。

尾声　生活在昭和年代动荡历史中的岩崎千弘

——与饭泽匡对谈

黑柳 饭泽老师，您打算写“岩崎千弘”这个人物的传记，最初是因为什么样的契机？

饭泽 因为她身上存在一个很大的谜团。

黑柳 是指千弘去“满洲”那件事吗？

饭泽 对。在那个时候能进行奢华的旅行，在某种意义上是重大的时代矛盾。我的喜剧通常正是把焦点设在那样的场景中。但大家所想的那种戏剧情节并没有出现。

黑柳 昭和十九年，千弘他们进行那场奢华旅行的时候，我的父亲入伍了，因为他要开赴外地，我们前去告别。那时已经是山穷水尽了，所有的士兵都没有皮靴，穿着胶底袜子和皱巴巴的军服上战场，连我们小孩子看了，也明白什么都没有了。母亲悄悄瞥了一眼父亲的胶底袜子，立刻转过头去，眼里满含着泪水。当时我还纳闷母亲为什么哭，日后想来……

饭泽 您的话让我一下子想起了自己写的《北京的幽灵》。

残兵春二是《北京的幽灵》中的一员，由森雅之扮演。我想到了他的模样，残兵没有穿靴子，穿的是所谓的中国布鞋。

黑柳 啊，比胶底袜子更糟糕。

饭泽 是的。此外，他还打着绑腿，那副模样难以言说。森雅之的演技确实精湛，表现出了那令人恻然的感觉。被抓住当兵，就只能是这副样子——我是以批判的目光来写作的。不过我没有写明那指的就是日本士兵。

黑柳 因为是战争中的事，您要规避文字审查制度，才这么做的吧。幸亏这样，这部作品才没有被他们看出破绽，得以上演。

饭泽 是的，他们并不明白，以为写的是中国的事。

黑柳 可是，那其实是我们父辈的模样。

饭泽 是的。所以，千弘的奢华旅行给了我巨大冲击。我想，写这本书正是了解事实真相的关键。

黑柳 您听了很多人的讲述，写下了这本书后，那个谜团怎样了呢？

饭泽 已经冰消雪融。真的彻底明白了。日本的社会意识或者说国民意识由此更清晰地呈现出来。这与司汤达的《红与黑》相重合——为了生存下去，于连·索雷尔只有成为士兵或僧侣两个选择。要跻身社会上层，此外别无他法。

黑柳 您在结尾处写道：“如果千弘再多活些岁月，她一定会继续怀着这种补偿的心情，直到把它带进坟墓。”千弘去世前后，日本与中国恢复了邦交，留在中国的日本孤儿们含泪回国，千弘没能看到那场景。如果她还活着，目睹那些场面，一定会觉得不能承受。

饭泽 她完全沉浸于孩子们的世界，我很理解。可以看出是对纯粹事物的强烈憧憬，使她转而追寻纯真无邪的孩子，不是吗？

黑柳 那之后，她希望自己是纯真无邪的。

饭泽 我想，千弘是有负罪感的，因为她是非常多愁善感的人。如果她在电视上看到那些孤儿的悲剧，一定会坐立不安。

黑柳 她去"满洲"的时候，大概根本没想过这样的事。此外，令我意外的是千弘居然有爱运动的一面。喜欢棒球自不必说，她还擅长滑雪，很会爬树。在"满洲"期间，她系着三尺长的腰带在围墙上走来走去，坐在围墙上晃腿，还有这么淘气的一面。从很多人的话中，我感觉千弘是个非常安静的人，并未想到她擅长运动，可事实的确如此。但她同样也有不哭不闹，不大声说话，不抱怨丈夫，自己把苦楚全部承担下来的坚强一面，像我这样的人很难理解。所以我想，千弘将她的种种品性全部表现在描绘孩子们的画中。

"因为你是姐姐"，母亲总是这么说。也许因为千弘从母亲那里接受了那个时代的教养，也许因为她比第二任丈夫善明年长，不得不显出成熟的模样。但我始终觉得，她身上依然有想做出些孩子气的举动，想吵闹一下的一面。

“小孩子是这样的”、“这样好可爱”——也许千弘就是这样描绘出了自己无法表现的部分、自己想成为的模样。

她彻底描绘出了孩子们真实可爱的样子，画了许多神态各异的小孩子，甚至让大伙儿觉得“像我家的孩子”、“像我上学时的朋友”或者“像我自己”、“像我的小孙孙”。千弘心中有那么多不得不表达出来的东西，如此想来，她是一位多么复杂的人啊。她大概有很多没有向任何人诉说、只封闭在心中的事吧。试图从千弘画中想见她性情的人，读完这本书后一定会深感惊讶，真的是难以想象啊。现在想来，或许正因为度过了这样的人生，千弘才能画画。如果没有遭遇那个时代，她大概就不能留下这些作品了。

饭泽 所以，我把“所谓‘甜美的画’”那一章放在开篇，就是这个意思。被人评价为甜美的画，有人也许就此放弃了，但千弘没有，这是她了不起的地方。我就是从这样的地方，看到了一位生活于昭和动荡时代的女性充满艰辛的奋斗史。

黑柳 而且，千弘最了不起的地方，还在于她把将近八千幅原画留在了自己手中。虽然也有武井武雄老师等少数几位画家把原作留下来，但“插图画家”要留下作品非常困难。

饭泽 像冈本归一等人的画，留下来的确实非常少。虽然有书，但那是复制的。

黑柳 亲笔画的原作很难保留下来。

饭泽 而且，那个年代并非照相制版，而是描版，里面掺杂了很大一部分制版工人的手笔。从当时的印刷品中，实在无法评判画家的功力。

黑柳 所以，千弘把原画保留下来，如今让我们看到真迹，实在难得。她把画留在身边，大概也是觉得每幅画都是一个自己，没有办法把它们送给别人。小时候，千弘在家里给玩具娃娃画一套套衣服，和妹妹们玩洋装店游戏，如今她自己的画也一样吧。她依依不舍，每一幅画都不忍放手，就好像“我画的这个孩子，太可爱了，不能把她放在别人那里”。一想到要把她放在别人的抽屉里，简直无法忍受。

饭泽 此外，日本的画家随随便便地在色纸[1]上大画特画，已经成为一种模式。千弘讨厌那样的模式化，她不在所谓的色纸上画画。

黑柳 我想，千弘在白纸上描绘孩子的时候，无论哪幅画，都把它当成是活生生的小孩子。所以，大家才这么喜爱千弘留存下来的那些画。

①一种质地厚韧的方形纸笺，常用于书写和歌、绘画、书法等。

后记

我写下的是千弘的传记。既然我自命为历史学家，便不能歪曲历史。

从历史的角度来看待千弘与母亲的关系时，我的笔端便有变得严厉的倾向。我原本计划不留情面地把它写下来，但既然二人是母女，那么同样不能无视骨肉之情。

关于这一点，身为历史学家的我与身为传记作家的我之间，无疑存在许多踌躇之处。

但是，仰赖千弘诸位亲人的决断，我得以贯彻历史学家的立场，完成了您看到的这本书。

在此，我想与千弘的各位亲人共享历史学家的喜悦。

饭泽匡

一九九二年七月　于八十三岁生日之际

岩崎千弘年表

1918 年 / 大正七年

仓科正胜与岩崎文江结婚，继承岩崎家。居东京。二人均生于长野县。正胜在日俄战争中为海军志愿兵，后毕业于专科学校，任陆军建筑工程师。同年末，作为随军人员赴西伯利亚。文江毕业于奈良女子高等师范学校，后任女子学校教师。此时正独自任教于福井县武生町立实科高等女子学校。十二月十五日，千弘诞生于武生。

1919 年 / 大正八年

父亲归国，随后就职于东京的陆军管理部。母亲调任东京荏原郡立实科高等女子学校。举家迁居东京涩谷区道玄坂。

1920 年 / 大正九年　一岁

妹妹世史子诞生。

1922 年 / 大正十一年　三岁

迁居涩谷区惠比寿四反町。

1923 年 / 大正十二年　四岁

妹妹准子诞生。

1925 年 / 大正十四年　六岁

进入涩谷区长谷户小学。

1926 年 / 大正十五年、昭和元年　七岁

母亲调任东京府立第六高等女子学校教师。

1927 年 / 昭和二年　八岁

经常于文艺演出中即席作画。喜爱冈本归一、初山滋、武井武雄等人的画作。

1931 年 / 昭和六年　十二岁

进入府立第六高等女子学校。

1932 年 / 昭和七年　十三岁

受父亲影响，热衷六大学棒球比赛，常去神宫球场。擅长各类运动，如篮球、游泳、射箭，爱好滑雪与登山。

1933 年 / 昭和八年　十四岁

师从冈田三郎助，开始学习素描与油画。

1936 年 / 昭和十一年　十七岁

三月，从府立第六女高毕业，进入同校补习科。五月，作品入选朱叶会女子西洋画展。

1937 年 / 昭和十二年　十八岁

三月，从府立第六女高补习科毕业。师从小田周洋，学习藤原行成流派书法。

1939 年 / 昭和十四年　二十岁

招赘结婚。随丈夫赴大连。

1940 年／昭和十五年　二十一岁

因丈夫自杀归国。希望成为书法家，再次师从小田周洋。其间于文化服装学院教习书法。母亲离开府立第六女高，担任大日本女子青年团主管，同年率领全国女子青年团的领导者视察“满洲开拓团”，历时一月。

1941 年／昭和十六年　二十二岁

于东京中野区千代田建造房屋并迁居。因机构调整，母亲改任大日本青少年团主任。其间父亲于各地出差，致力建造航空燃料工厂。

1942 年／昭和十七年　二十三岁

师从中谷泰，再次学习油画。

1944 年／昭和十九年　二十五岁

四月，和中谷泰、妹妹世史子等一起，与“满洲勃利女子开拓团”同行前往“满洲”。夏天，因战况剧变归国。后就任于日本邮船公司。母亲退职。

1945 年／昭和二十年　二十六岁

五月，自家房屋在空袭中烧毁，疏散至母亲的老家长野县松本市。秋天，父母开始在长野县北安昙郡松川村开垦荒地。

1946 年／昭和二十一年　二十七岁

于长野县加入日本共产党。春季，赴东京任《人民新闻》记者。加入日本共产党宣传部、艺术学校。师从赤松俊子（丸木俊子）。

1947 年／昭和二十二年　二十八岁

参与前卫美术会的创立，成为日本美术会、日本儿童画会会员。

1948 年／昭和二十三年　二十九岁

从事绘制报纸小插画、插图、图画杂志、教科书绘图等多项工作，并经常创作油画。寄宿于神田的钣金店二楼。热衷弗雷德·阿斯泰尔的舞蹈，时常去电影院。

1949 年／昭和二十四年　三十岁

在日本共产党的活动中与松本善明相识。创作的连环画剧《妈妈的故事》由教育连环画剧研究会出版，次年获文部大臣奖。

1950 年／昭和二十五年　三十一岁

一月，与松本善明结婚。

1951 年／昭和二十六年　三十二岁

四月，长子猛诞生。

1952 年／昭和二十七年　三十三岁

于东京练马区下石神井建造房屋，并在此后的二十二年间，在此处进行创作活动。(现千弘美术馆所在地)

1953 年／昭和二十八年　三十四岁

一月，父亲去世。

1956 年／昭和三十一年　三十七岁

因发表于图画杂志的作品获小学馆儿童文化奖，创作第一本绘本作品《一个人就能办到》。

1960 年／昭和三十五年　四十一岁

创作《あいうえお的书》，次年获产经儿童出版文化奖。

1962年／昭和三十七年　四十三岁

针对教科书中的图画重复使用问题，与太田大八、久保雅勇等人共同提出抗议。以此为契机，成立了日本儿童出版美术家联盟。

1963年／昭和三十八年　四十四岁

开始创作杂志《孩子的幸福》的封面画。六月，因参加世界妇女大会访问苏联。改建自家房屋，扩大画室，并与丈夫的父母同住。

1964年／昭和三十九年　四十五岁

与安泰、远藤光世、久米宏一、泷平二郎、东本常、箕田源二郎等组成儿童画团体“车”。十月，童美联开始运作，担任理事，积极致力维护画家的著作权。

1966年／昭和四十一年　四十七岁

陪伴母亲去欧洲旅行。归国后创作《没有画的画册》。在黑姬建造山庄，此后每年到此处创作绘本。

1967年／昭和四十二年　四十八岁

创作《在我小的时候》。丈夫当选众议院议员。

1968年／昭和四十三年　四十九岁

创作第一部尝试以画来展开故事的绘本《下雨天在家里看门》。创作自传风格绘本《我的绘本》。以小学馆事件为契机，致力维护著作权。

1969年／昭和四十四年　五十岁

母亲因脑血栓病倒。

1970 年／昭和四十五年　五十一岁

将母亲接到自己家。

1971 年／昭和四十六年　五十二岁

创作《小鸟飞来的日子》，1973 年获博洛尼亚国际儿童图书展绘图奖。从此时开始患上十二指肠溃疡。

1973 年／昭和四十八年　五十四岁

创作《战火中的孩子们》。秋天，发现罹患癌症入院。病情稳定后出院。

1974 年／昭和四十九年　五十五岁

三月，再次入院。八月八日，因原发性肝癌去世。遗作为《红蜡烛与美人鱼》。

1977 年／昭和五十二年

九月，岩崎千弘绘本美术馆（现千弘美术馆）开馆。

1997 年／平成九年

四月，安昙野千弘美术馆在长野县北安昙郡松川村开馆。

本书中千弘画作及相关作品初次刊登时间一览

卷首插图

第 1 页：宝宝到来的日子 1969 年（《宝宝到来的日子》至光社）

第 2 页：贝壳与少女 1971 年（杂志《孩子的幸福》1971 年 8 月号封面 草土文化）

第 3 页：抱书的少女 1970 年（杂志《孩子的幸福》1970 年 10 月号封面 草土文化）

第 4 页：蝴蝶与婴儿 1971 年（狮王油脂海报）

第 5 页：郁金香与婴儿 1971 年（狮王油脂海报）

第 6 页：一品红与少女 1971 年（名古屋精制砂糖日历 1972 年版 11 · 12 月）

第 7 页：石阶上呼唤气球的帕斯卡 1968 年（《红气球》偕成社）

第 8 页：伫立的少年 1972 年（《战火中的孩子们》岩崎书店）

给千弘的信（《千弘美术馆别卷 岩崎千弘纪念图册》讲谈社）

东京千弘美术馆

东京都练马区下石神井 4-7-2

〒177-0042

◎咨询电话

TEL.03-3995-3001 03-3995-0612 FAX.03-3995-0680

◎开馆时间

上午 10 时至下午 5 时（闭馆前 30 分钟停止入馆）

◎门票

成人 800 日元，高中生以下免费

◎闭馆日

周一（遇节假日顺延至次日）、新年期间闭馆（12 月 28 日至 1 月 1 日），冬季闭馆（2 月 1 日至月底），换展期间会临时闭馆

◎交通路线

西武新宿线上井草站下车步行 7 分钟即到

安昙野千弘美术馆

长野县北安昙郡松川村西原 3358-24

〒399-8501

◎咨询电话

TEL.0261-62-0777 0261-62-0772 FAX.0261-62-0774

◎开馆时间

上午 9 时至下午 5 时（黄金周和盂兰盆节期间延长至下午 6 时）

◎门票

成人 800 日元，高中生以下免费

◎闭馆日

每月第二、第四个周三闭馆，冬季闭馆（12 月 1 日至 2 月底），换展期间会临时闭馆

◎交通路线

JR 大糸线信浓松川站换乘出租车约 5 分钟，自行车 15 分钟，步行 30 分钟

驾车由长野高速公路安昙野出口向大町·白马方向行驶约 30 分钟

美术馆官方网站 http://www.chihiro.jp/

图书在版编目（CIP）数据

不为人知的爱的生涯 /〔日〕黑柳彻子，〔日〕饭泽匡著；赵玉皎译 .— 海口：南海出版公司，2015.6
ISBN 978-7-5442-7722-8

Ⅰ．①不… Ⅱ．①黑…②饭…③赵… Ⅲ．①随笔—作品集—日本—现代 Ⅳ．①I313.65

中国版本图书馆 CIP 数据核字（2015）第 069743 号

著作权合同登记号 图字：30-2014—016

<IWASAKI CHIHIRO-SIRAREZARU AI NO SHOUGAI>
Tetsuko Kuroyanagi + Tunee Izawa 1999
All rights reserved.
Original Japanese edition published by KODANSHA LTD.
Publication rights for Simplified Chinese character edition arranged with KODANSHA LTD. through KODANSHA BEIJING CULTURE LTD. Beijing, China.

不为人知的爱的生涯
〔日〕黑柳彻子 饭泽匡 著
赵玉皎 译

出　　版　南海出版公司　（0898）66568511
　　　　　海口市海秀中路 51 号星华大厦五楼　邮编 570206
发　　行　新经典发行有限公司
　　　　　电话（010）68423599　邮箱 editor@readinglife.com
经　　销　新华书店

责任编辑　翟明明
特邀编辑　胡圣楠
装帧设计　韩　笑
内文制作　王春雪

印　　刷　北京中科印刷有限公司
开　　本　870 毫米 ×1092 毫米　1/32
印　　张　7.25
字　　数　132 千
版　　次　2015 年 6 月第 1 版
印　　次　2015 年 6 月第 1 次印刷
书　　号　ISBN 978-7-5442-7722-8
定　　价　36.00 元

版权所有，未经书面许可，不得转载、复制、翻印，违者必究。